Este livro pertence ao selo **Feéria clássica**, segmento da coleção Feéria que reúne as obras contemporâneas ao célebre escritor J.R.R. Tolkien. Muitas dessas o autor e ajudaram a consolidar a fantasia como gênero literário.Como editora de J.R.R. Tolkien, a HarperCollins Brasil busca com este trabalho apresentar títulos fundamentais para o desenvolvimento da fantasia como um todo. Boa leitura!

ILUSTRAÇÕES DE
SID MEIRELES

A MARAVILHOSA TERRA DOS SNERGS

E.A. WYKE-SMITH

TRADUÇÃO DE
GABRIEL OLIVA BRUM

RIO DE JANEIRO, 2024

Título original: *The Marvellous Land of Snergs*
Todos os direitos reservados à HarperCollins Brasil.
Copyright da tradução © Casa dos Livros Editora LTDA., 2022
Ilustrações © Casa dos Livros Editora LTDA., 2023

Os pontos de vista desta obra são de responsabilidade de seus autores, não refletindo necessariamente a posição da HarperCollins Brasil, da HarperCollins *Publishers* ou de suas equipes editoriais.

Publisher	*Samuel Coto*
Editora	*Brunna Prado*
Assistente editorial	*Camila Reis*
Produtor gráfico	*Lúcio Nöthlich Pimentel*
Preparação de texto	*Leonardo Dantas do Carmo*
Revisão	*Wladimir Oliveira*
Projeto gráfico e capa	*Alexandre Azevedo*
Diagramação	*Sonia Peticov*

Dados Internacionais de Catalogação na Publicação (CIP)
(BENITEZ Catalogação Ass. Editorial, MS, Brasil)

S646m
1. ed.
	Smith, E. A. Wyke, 1871-1935
	    A maravilhosa terra dos Snergs / Edward A. Wyke Smith; tradução Gabriel Oliva Brum; ilustração Sid Meireles. – 1. ed. – Rio de Janeiro: Harper Collins Brasil, 2024.
	    336 p.; il.; 13,5 × 20,5 cm.
	
	    Título original: *The marvelous land of Snergs.*
	    ISBN: 978-65-60051-96-6 (capa dura)
	
	    1. Ficção literatura infantojuvenil. I. Brum, Gabriel Oliva. II. Meireles, Sid. III. Título.

01-2024/40	CDD: 028.5

Índice para catálogo sistemático:
1. Literatura infantojuvenil   028.5
2. Literatura juvenil   028.5

Bibliotecária: Aline Graziele Benitez CRB-1/3129

HarperCollins Brasil é uma marca licenciada à Casa dos Livros Editora LTDA.
Todos os direitos reservados à Casa dos Livros Editora LTDA.
Rua da Quitanda, 86, sala 601A — Centro
Rio de Janeiro — RJ — CEP 20091-005
Tel.: (21) 3175-1030
www.harpercollins.com.br

Sumário

Os Tesouros Perdidos por Estranhos Acasos 9

PARTE 1

1. Um Lugar à Parte 21
2. A Srta. Watkyns 23
3. Meios e Modos 27
4. Os Snergs 31
5. Sylvia 37
6. Joe 39
7. Vanderdecken e seus Homens 41
8. Como a Aventura Começou 47
9. Como a Aventura Realmente Começou 51
10. O Quarto da Torre 55
11. Como Joe Suportou o Cativeiro 57
12. A Floresta 63
13. O Amanhecer 69
14. Gorbo, o Snerg 73
15. A Cidade 77
16. A Casa Real 79
17. O Rei dos Snergs 81
18. O Banquete 85
19. Uma Caminhada Matutina 89
20. As Árvores Retorcidas 95

PARTE 2

21. Problemas na Baía Watkyns	103
22. Do Outro Lado da Porta	109
23. A Caverna dos Cogumelos	115
24. O Outro Lado do Rio	123
25. Golithos, o Ogro	125
26. Jantar com Golithos	129
27. Golithos Explica	135
28. O Quarto do Andar de Cima	139
29. As Dúvidas de Gorbo	141
30. Golithos é Tentado	145
31. Para Além da Torre	149
32. O Cavaleiro Errante	151
33. O Trabalho de Sir Percival	157
34. O Castelo Misterioso	159
35. O Aborrecimento de Sir Percival	163
36. A Cozinha do Castelo	165
37. O Café da Manhã	167
38. Um Momento Terrível	169
39. Mais Problemas	171
40. As Agruras de Baldry	173
41. A Floresta Sombria	179
42. A Casa de Mãe Meldrum	183
43. Mais Agruras para Baldry	189
44. Uma Mudança de Tom	191
45. Jantar com uma Bruxa	193
46. O Quarto de Hóspedes	197
47. O que Aconteceu Durante a Noite	201
48. O Caminho Verde	207
49. Prisioneiros	213

PARTE 3

50. Os Acontecimentos do Outro Lado do Rio	217
51. A Engenhosidade de Vanderdecken	219
52. Como Eles Atravessaram o Rio	221
53. Bota-Sela	225
54. A Marcha do Primeiro Dia	227
55. Mais uma Vez o Castelo Misterioso	229
56. Como Gorbo Colheu as Mandrágoras	235
57. Gorbo é Ludibriado	243
58. Uma Terrível Barganha	249
59. Prisioneiros na Estrada	253
60. O Rei Kul I	257
61. Enfim uma Troca de Roupas	261
62. Outra Refeição com a Realeza	263
63. Uma Varada	265
64. A Manhã Seguinte	267
65. A Invasão	271
66. Um Encontro Histórico	273
67. Explicações Necessárias	275
68. A Sentença de Baldry	279
69. Clemência Real	283
70. O Dia Seguinte	285
71. E o Dia Depois do Dia Seguinte	287
72. Mais uma Vez Prisioneiros	291
73. Os Rochedos Áridos	297
74. Como Gorbo Encontrou o Caminho	301
75. A Reforma de Golithos	305
76. Mãe Meldrum se Vai	309
77. Acabados todos os Problemas	311
78. De Volta ao Outro Lado do Rio	315

79. De Volta à Cidade 319

80. De Volta à Baía Watkyns 321

81. Para Concluir 323

Afinal, quem foi E.A. Wyke-Smith? 327

PREFÁCIO

Os Tesouros Perdidos por Estranhos Acasos

A obra que você está prestes a degustar (pois de fato a história é deliciosa) me traz muitos pensamentos sobre a importância de olharmos para o passado literário com mais curiosidade e respeito. Existem dezenas, talvez centenas, de livros incríveis que, por algum estranho acaso, não receberam a devida atenção em seu tempo, e que, por este motivo, acabaram por não perdurar nas prateleiras ou, até mesmo, por que não, até se tornar clássicos. São grandes obras que simplesmente caíram no esquecimento, e nós, amantes da literatura, precisamos ajudar em seu processo de redescobrimento. Como? Falando delas.

Atualmente, em todas as livrarias, vemos inúmeras edições de *Alice no País das Maravilhas*, *Alice através do Espelho* (meu favorito, aliás), Drácula, Frankenstein, O Pequeno Príncipe e tantos outros grandes títulos de fantasia e ficção. Isto é ótimo, mas às vezes me gera um sentimento de redundância ou marasmo. Não pela qualidade das obras, mas por serem sempre as mesmas. Estes livros são espetaculares, sem dúvida, e devem ser lidos e relidos — especialmente relidos, como C.S. Lewis sempre defendeu:

"... aqueles que leem grandes obras as lerão dez, vinte, trinta vezes no decorrer de suas vidas".

(Um experimento em crítica literária)

"O releitor não está à procura de surpresas reais (que podem vir apenas uma vez), e sim de certo estado de surpresa. [...] No único sentido que importa, a surpresa funciona na vigésima vez tanto quanto na primeira. É a qualidade do inesperado, não o fato, que nos deleita. É melhor ainda pela segunda vez".

(Sobre histórias)

É ótimo que estes livros tenham destaque e diversas edições simultaneamente, assim permanecem encantando seus leitores cativos, bem como conquistam novos. Além disso, representam maior poder de escolha para quem realmente importa, o navegante de suas páginas. O que eu quero dizer é que o mercado editorial me parece como uma rádio que toca sempre as mesmas músicas e diferentes versões delas, quando podemos agregar a essa playlist pelo menos o dobro de músicas, e apenas com títulos do passado. Neste prefácio, eu não só exaltarei as qualidades da obra de Wyke-Smith mas indicarei que parte da solução para resolvermos esse engessamento passa justamente por autores como ele.

O mercado está sempre procurando os "novos" Tolkien, Agatha Christie e afins, quando na verdade o caminho correto não me parece ser este — ou pelo menos eu posso indicar outros dois trajetos bem mais promissores como opção. Procurar por novas versões de grandes autores é injusto com os novos talentos e, ao mesmo tempo, uma antecipação equivocada. Primeiro porque novos escritores e escritoras precisam ser eles mesmos, e segundo porque somente com alguns títulos publicados e tempo de carreira é que de fato alguém pode ter algum tipo de comparação, para o bem ou para o mal.

O que fazer, então? O primeiro caminho é deixar que estes novos nomes da escrita possam ser conhecidos com calma e sem o imediatismo que assola o mundo do século XXI. Quantidade raramente é sinônimo de qualidade, ainda mais quando o assunto fica na tênue linha entre Arte e produto cultural. Enquanto a Arte reside na qualidade, no corpo de belezas que aquela obra detém, equilibra, apresenta, com que ela dosa e impacta o receptor, o produto cultural é a fórmula previsível e repetitiva que costuma dar resultados a curto prazo.

O Hobbit de J.R.R. Tolkien é uma obra com milhões de cópias comercializadas, mas possui uma solidez literária indiscutível. Ele nasce da arte de contar uma boa história para entreter os filhos de uma casa. Portanto, eu gostaria que os escritores de hoje pudessem ser vistos além de comparações reducionistas e, em especial, além dos números que apresentam em mídias sociais. Um clássico como O Hobbit tinha menos de dez "seguidores" quando foi publicado.

O segundo caminho que eu proponho é o que realmente faz sentido com a missão de escrever o prefácio desta obra maravilhosa. Como eu citei anteriormente, por estranhos acasos, obras geniais não tiveram o seu devido reconhecimento. Já que eu usei o exemplo da "rádio que toca sempre as mesmas músicas", não são poucos os casos de ótimas canções que foram eclipsadas por lançamentos ainda maiores que ocorreram ao mesmo tempo. Muitas vezes, esta mesma música que ficou obscurecida por outro *hit* ainda maior poderia ter alcançado o topo das paradas se fosse lançada com algumas semanas de antecipação ou atraso.

Porém, frequentemente Tolkien nos mostra na Terra-média que podem existir "felizes acasos". Neste caso, O Hobbit, de 1937, primeira obra de sucesso do escritor inglês, ajuda hoje o redescobrimento de um hit chamado A Maravilhosa Terra dos Snergs. A obra que você está prestes a ler foi lançada em 1927, dez anos antes da aventura de Gandalf e Bilbo, e é, de longe, a maior inspiração para o clássico de Tolkien. E como esta obra só está recebendo atenção depois de quase um século? Porque as pessoas começaram a falar dela.

A obra de Wyke-Smith começou a ser discutida no ciclo de leitores de O Senhor dos Anéis, a partir do lançamento de uma outra obra: O Hobbit Anotado, de Douglas A. Anderson. Neste livro de 1988 (mas que só chegou ao Brasil em 2021), Anderson indica diversos aspectos de Snergs que estão presentes na aventura de Bilbo e também indica que Tolkien lia o livro para seus pequeninos em casa. Ou seja, somente mais de 30 anos depois de seu lançamento, uma obra que estuda outra gerou o interesse por uma terceira. É o efeito colateral do efeito colateral. Assim, os leitores passaram a se interessar pelo livro de Wyke-Smith e começaram a ansiar por ele. Um processo semelhante aconteceu com outra joia da fantasia britânica, a obra-prima

PREFÁCIO

Phantastes, de George MacDonald. O autor escocês é citado em quase todos os importantes livros e textos de C.S. Lewis, em especial na excelente obra O grande divórcio. Isto jogou luz sobre uma obra de 1858, que é para mim um dos três livros mais incríveis já criados. Logo, quando Jack (apelido de Lewis), Anderson ou Cesar Machado (que atrevimento colocar meu nome!) falam destas obras, as tiram das prateleiras e indicam aos amigos, elas passam a ser tocadas na rádio novamente. E isso é phantástico, como diria Ronald Kyrmse, tradutor de O Senhor dos Anéis e o maior tolkienista* do Brasil.

Neil Gaiman com frequência comenta sobre seu amor pelo trio: Tolkien, Lewis e Chesterton. Ele é um escritor fenomenal, e é ainda mais incrível como pessoa. Meu ponto é que escritores consolidados podem ser usados como fio condutor para outros autores e autoras. Neste caso, o foco seria naqueles que não obtiveram grande fama, mas que merecem ser apresentados ao público, mesmo que com cem anos ou mais de atraso. Ao observarmos as estantes destes gênios de determinado século, descobrimos muitos nomes do século anterior e assim sucessivamente. Este processo pode nos levar a uma linda jornada de descoberta e redescoberta que pode fazer emergir da obliviação dezenas de títulos que merecem uma segunda chance.

---

*do inglês "tolkienist", é o termo designado mundialmente para pessoas que estudam a vida e obra do autor, seja profissionalmente ou não. O que define um(a) tolkienista é a sua relevância no estudo, não necessariamente sua formação.

Esta viagem não possui limites e podemos voltar até as primeiras versões de mitos ao redor do mundo, os mesmos que, na verdade, inspiraram as grandes obras de hoje, mesmo que quase ninguém perceba sua ação ali. Ao visitar mitos ancestrais, vemos como Deuses Americanos, As Crônicas de Nárnia, O Silmarillion e outras gemas raras foram moldadas nas poderosas bases de mitologias de diferentes povos.

Agora que eu já viajei pelo cuidado que temos de ter com os novatos e novatas da escrita e indiquei a importância de olhar o que os gênios tinham em suas estantes, acredito que possamos falar de Snergs com a devida atenção. Lançado em 1927 no Reino Unido, A Maravilhosa Terra dos Snergs foi o oitavo e último livro de Edward Augustine Wyke-Smith, um engenheiro de minas e amante de viagens. Metade das suas obras focam o público infantil, o que é o caso de Snergs, mas devo alertá-los de que qualquer adulto com bom gosto deveria lê-la. Este título era um dos muitos que a família Tolkien apreciava unida nas leituras noturnas, e que por isso está intimamente conectada com o nascimento do Sr. Bolseiro.

É bastante engraçado que Tolkien, em suas cartas, entrevistas e diários, raramente confirmava a origem de alguma inspiração para suas obras. Em geral, ele negava categoricamente qualquer paralelo, mas vez ou outra indicava uma fonte aqui e outra acolá. O fato de ele negar ter recebido determinada influência acontecia, em parte, porque ele de fato não parecia racionalizar a maior parte delas, e, em parte, porque desgostava de mostrar as raízes de seu trabalho.

PREFÁCIO

Mas como assim ele não racionalizava ou não se lembrava? No começo de meus estudos, achei que o Professor (como carinhosamente o chamamos na comunidade tolkiendil[†]) estava tentando blindar seu trabalho ao negar uma ou outra inspiração, mas, depois de conhecer o homem por trás do mito, percebi que isto até acontecia, mas era bem raro. De maneira geral, o criador de Legolas e Gimli apenas não se lembrava mesmo. O motivo do esquecimento, a meu ver, é simplesmente uma cabeça cheia de responsabilidades, compromissos e paixões. E, quando mais velho, a idade também aumentou seu esquecimento.

O segundo motivo para que Tolkien não detalhasse suas influências está em uma de suas obras, Árvore e Folha, mais especificamente no ensaio Sobre Estórias de Fadas. Neste ensaio, lançado em 1964, o Professor fala sobre a importância do gênero de fantasia, em especial para o público adulto. O livro é obrigatório para qualquer estudioso de sua obra e ainda mais para quem vai trabalhá-la no meio acadêmico. Neste ensaio, Tolkien frisa o poder dos mitos na história da humanidade e como as estórias de fadas são ramificações destes mitos universais. Parte da argumentação indica que os mitos são formados como um tipo de sopa, cheia de diferentes ingredientes e com um tempo de cozimento extremamente longo. Ao olhar as inspirações

---

[†]Um dos idiomas criados por Tolkien para o universo da Terra--média foi o quenya, o alto-élfico. Nele, o sufixo "dil" significa "amante, apreciador, devoto", logo, aquele que aprecia Tolkien é "tolkiendil".

de determinado escritor, acabamos focando o tipo de batata usado ou os temperos, quando o que realmente importa é o sabor que a sopa tem ao final.

Porém, em um caso raro, Tolkien confirmou, em duas ocasiões, que Snergs de fato o influenciou. A primeira menção a este fato ocorre em uma carta a W.H. Auden em 1955, ao escrever que A Maravilhosa Terra dos Snergs "provavelmente foi uma fonte inconsciente! Para os Hobbits, não de algo mais" (*Cartas de J.R.R. Tolkien*, nº 163). Já a segunda menção vem dos rascunhos para sua palestra de 1938 que originou o ensaio Sobre Estórias de Fadas, onde ele escreveu: "Eu gostaria de registrar o meu próprio amor e o dos meus filhos por *A Maravilhosa Terra dos Snergs*, de E.A. Wyke-Smith, de qualquer forma pelo elemento--snerg da história, e por Gorbo, a gema dos estúpidos, a joia dos companheiros em uma escapada."

Portanto, neste prefácio eu não vou tirar a beleza da sua descoberta, caro leitor. Na verdade, adoraria ver sua cara ao identificar como os Snergs são os "pais" dos Hobbits, ou como um Ogro em reabilitação lembra certos Trols de Eriador na Terra-média. Mesmo Douglas A. Anderson não entrega todos os paralelos em O Hobbit Anotado; ele deliberadamente deixa de apontar muitas similaridades. Os casos permeiam toda a obra, mas devem ser identificados por você, e de maneira orgânica. O que eu posso dizer é que, mesmo sabendo que estas foram as batatas que Tolkien usou na sopa de O Hobbit, isto não muda em nada seu sabor, ela permanece deliciosa como sempre foi.

PREFÁCIO

Desejo que você aprecie esta obra maravilhosa e que anseie por conhecer George MacDonald, William Morris, Kalevala, Mabinogion e tantos outros autores e histórias de Feéria que merecem voltar ao menu, à rádio e às estantes. Afinal, aproveitando o meme e unindo uma obra de 1927 com o ano de 2024, não dá para negar: "Gorbo andou para que Bilbo pudesse correr".

Cesar Machado
Comunicador, tolkienista e
cofundador do canal *Tolkien Talk*

PARTE I

I. Um Lugar à Parte

Se alguma pessoa dos mares, como um iatista, velejasse para a Baía Watkyns pela manhã, encontraria uma quantidade imensa de crianças brincando na água, e ficaria satisfeita ou deprimida com a visão de acordo com o modo como sua personalidade foi originalmente formada. Certamente ela se perguntaria como as crianças foram parar lá, em um lugar tão isolado, e como poderiam estar tão à vontade, as menores chapinhando nas partes mais rasas e correndo atrás umas das outras na areia e as maiores nadando até jangadas e mergulhando de cima delas, e todas gritando e guinchando. Mas esse é um caso de suposição, pois nenhum iate ou qualquer outra embarcação jamais entrará na baía e vela alguma jamais será vista no horizonte, pela razão de lá ser a terra da S.R.C.S. e, portanto, um lugar à parte dos outros. Se um iatista ficasse tentado a velejar naquela direção, daria de cara com ventos instáveis vindos do nordeste, alternando com ventos instáveis vindos do sudoeste, e isso, combinado com a predominância de trombas-d'água, faria com que se arrependesse de seu intento e poderia se considerar com sorte se conseguisse sair daquelas águas amarrado ao que restasse do mastro.

Há uma exceção à regra de que nenhum forasteiro consegue se aproximar de lá velejando, que é o caso de Vanderdecken e seus homens, que aportaram e acamparam a umas duas milhas e meia ao norte da baía. Devido ao juramento precipitado de que dobraria o Cabo da Boa Esperança nem que fosse no Dia do Juízo Final, Vanderdecken se viu fazendo exatamente isso, para azar de sua tripulação que, embora não tivesse feito nenhum juramento precipitado, naturalmente tinha que dobrar o cabo com ele. Acredita-se que a maldição tenha perdido força depois de algumas centenas de anos; seja como for, eles conseguiram entrar nas águas da S.R.C.S. durante o equinócio da primavera e lá estão agora, acampados em pequenas cabanas, com o navio ancorado na foz de um rio e em um estado escandaloso de cracas.

2. A SRTA. WATKYNS

A baía tem esse nome devido a Srta. Watkyns, que não só é a diretora como também é a criadora da S.R.C.S., ou Sociedade para a Remoção de Crianças Supérfluas. Como muitas boas senhoras que não têm seus próprios filhos, ela tinha muito interesse por crianças e, sendo de um comportamento um pouco intrometido, com o tempo se tornou uma figura famosa em tribunais de pequenas causas, onde o público com frequência ria dela. Foi dessa forma que entrou em contato com outras senhoras de inclinação semelhante e, por fim, a Sociedade foi formada, com o objetivo de remover as crianças que os pais (ou pai ou mãe, conforme o caso) obviamente não queriam. Toma-se o maior cuidado para evitar enganos, mas, uma vez que uma criança é removida, ela jamais é devolvida, e logo esquece o que acontecia quando estava com seus pais (ou com apenas um dos dois), pois o ar do lugar é esplêndido para se esquecer das coisas. Há casos em que, depois de alguns anos com a Sociedade (ou o que seriam alguns anos se o tempo lá fosse contado da maneira costumeira), uma criança é entregue a alguma pessoa que deseja ardentemente uma; mas a escolha de tal pessoa necessita de um cuidado ainda maior para se evitar enganos.

A Srta. Watkyns é uma mulher de inteligência muito acima da média e, além de ser uma grande organizadora, possui um considerável conhecimento das ciências. Essas qualidades lhe permitiram não só que descobrisse a existência da Terra dos Snergs (por si só uma maravilhosa façanha mental), mas também como chegar lá sem levar um tombo feio. Não pretendo entrar em detalhes sobre como ela conseguiu isso (já que para tanto seria necessário um livro com o dobro do tamanho deste), mas direi simplesmente que a Srta. Watkyns aceitou na Sociedade vinte e duas senhoras cuidadosamente selecionadas (cada uma tinha quatro ou cinco crianças prontas para serem removidas de seus lares sem serem notadas) e fez os mais meticulosos preparativos para transferir todas para a nova terra.

Ficou acertado que cada senhora deveria ir com uma criança supérflua bem agasalhada, já que era tudo que poderiam carregar de uma só vez e o resto poderia ser buscado depois. Cada uma deveria levar também uma trouxa com lençóis, roupas de lã e dois terninhos de tecido resistente, e tinha liberdade no tocante a pequenos itens extras, como toalhinhas, pentes-finos e coisas do tipo. Tudo ocorreu perfeitamente bem. Elas se encontraram em Hampstead Heath numa noite ventosa de outubro às 23h30, e à 0h15 a Srta. Watkyns havia inspecionado e recolhido todas as trouxas e se certificado de que todas

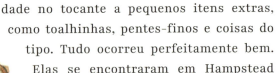

as mãos seguravam uma xícara de leite ou chocolate quente. A Srta. Watkyns então deu o sinal e lá se foram elas num vento forte.

Desse modesto começo cresceu a organização da S.R.C.S. para o que é hoje, com 478 crianças supérfluas aos seus cuidados e com mais outras chegando. Como esta é meramente a narrativa das aventuras extraordinárias em que se meteram duas das crianças, devido à imprudente desobediência das regras criadas tão sabiamente para o seu próprio benefício (uma narrativa que não deve carecer de efeitos para o aprimoramento das mentes dos meus leitores mais jovens), farei apenas um breve relato dos meios e modos pelos quais a Sociedade atinge o seu objetivo.

3. MEIOS E MODOS

As crianças são divididas em duas classes, de acordo com tamanho e idade. As menores usam roupas de peça única conhecidas como "túnicas", que possuem a vantagem de poderem ser tiradas para tomar banho com apenas uma sacudida. As mais velhas usam roupas de duas peças; os meninos vestem calções e camisas e as meninas, saias e blusas. Casacos de lã são usados quando o tempo está frio, o que dura somente algumas semanas convenientes na época do Natal. Durante a maior parte do ano as crianças não usam sapatos, mas sim o que chamaríamos de chinelos.

As casas ficam no terreno mais elevado logo atrás da Baía Watkyns e todas são de um só andar. São feitas de madeiramento cruzado, com paredes de barro misturado com conchinhas esmigalhadas entre as tábuas, de uma aparência bem sólida. No interior, as paredes são rebocadas e pintadas de rosa ou azul-claro. Atrás das casas há um grande gramado, com balanços e o necessário para jogos de bola com cestas e postes. A floresta começa não muito longe dali, a princípio com poucas árvores e mais arbustos, onde as crianças brincam de Robin Hood e outras coisas; mas as árvores logo começam a ficar cada vez mais cerradas, até o ponto em que fica bastante escuro em algumas partes mesmo ao meio-dia. É um lugar agradável, com relva macia aqui e

ali e uma variedade de samambaias, mas não é sensato deixar as crianças perambularem muito por lá, pois é bem fácil se perder na mata. Além da floresta, a uma distância de um longo dia de marcha, fica a Cidade dos Snergs, que construíram as casas para a Sociedade e fazem outros serviços úteis, sobre os quais falarei mais tarde.

Cada casa possui uma cerca de proteção a quase quatro metros das paredes para manter afastados os ursos-de-canela que vivem na floresta e fazem amizade com as crianças em seus passeios. Não há problema nisso, mas os ursos têm o hábito de tentar entrar nas casas à noite e, quando encontram as portas fechadas, de se deitar do lado de fora e se esfregar nas paredes de tempos em tempos, o que mantém as crianças acordadas e faz com que deem risinhos e sussurrem de um jeito bobo, de modo que se instalaram as cercas. Os ursos são de tamanho mediano, com uma pelagem sedosa que cheira levemente a canela, daí o nome. Eles não devem ser confundidos com os grandes ursos-pardos que, segundo os rumores, vivem para além do rio profundo do outro lado do País dos Snergs, assim como tigres, unicórnios, um ou dois dragões e outras criaturas cheias de pecado original.

Com exceção das menorzinhas, cada criança tem que cuidar da própria cama, e aos sábados reencher os colchões com pequenos botões de flor parecidos com lúpulo, que possuem um aroma agradável e induzem ao sono. Os botões velhos são jogados fora na praia durante a maré alta. Sábado é o dia da limpeza. Armários são arrumados, aventais são passados e cachorrinhos e outros animais que precisem são lavados com sabão; de modo geral, há uma boa quantidade do que os cavaleiros do Regimento Life Guards chamam de cuspir e polir, para que tudo esteja pronto no domingo. As crianças menores têm camas com balanço, já que a Srta. Watkyns tem pouca paciência para as ideias modernas de não se balançar as crianças.

A quantidade de vida animal nas casas e ao redor delas tem causado uma boa dose de preocupação e discussões. Há uma mania por animais de estimação, e a tentativa da Srta. Watkyns de limitar o número de animais de um para cada três crianças resultou em brigas e crianças emburradas pelos cantos e, por fim, chegou-se à regra de um animal por criança. Cachorrinhos, gatinhos e coelhinhos são os mais populares; texugos são desaconselhados. Certa vez, as crianças mais velhas ficaram empolgadas com a recitação de um poema sobre uma menina que tinha um carneirinho que a seguia por toda parte, até mesmo para a escola, onde fez os outros estudiosos rirem, e a partir daí as crianças só queriam saber de carneirinhos. A Srta. Watkyns acabou decidindo que apenas aqueles que se comportassem perfeitamente durante um mês poderiam ter um, e isso reduziu bastante o número de crianças. No fim do mês, apenas três menininhas convencidas haviam se qualificado para ter carneirinhos, e àquela altura já havia começado a febre por mangustos.

Outra fonte de problemas além dos animais é a alimentação. Via de regra, as senhoras têm ideias bastante sentimentais, e foi necessária toda a firmeza e bom senso da Srta. Watkyns para evitar que uma onda de displicência tomasse conta da Sociedade e prejudicasse o caráter e os corpos das crianças. Algumas senhoras chegaram ao ponto de propor que a alimentação deveria ser constituída inteiramente de pão, manteiga, leite e verduras. E o experimento de fato foi tentado por algum tempo; o resultado foi que as crianças ficaram cheias de espinhas. Acrescentou-se então uma dieta de peixe, na crença de que os peixes não sentem dor quando são pescados, só um pouquinho de arrependimento, mas isso também fracassou; os organismos das menorzinhas ainda ansiavam por carne e molho em moderação. A Srta. Watkyns por fim bateu o pé com firmeza e providenciou para que um suprimento de ovelhas, lebres etc. fosse entregue a intervalos regulares pelos Snergs, que não são nem um pouco sentimentais no tocante a matar animais; na verdade, eles gostam bastante, sendo grandes caçadores.

4. Os SNERGS

Os Snergs são uma raça de pessoas somente um pouco mais altas do que uma mesa comum, mas possuem ombros largos e grande força. Eles provavelmente são algum ramo dos duendes que outrora habitavam as colinas e florestas da Inglaterra e que acabaram por desaparecer por volta do reino de Henrique VIII. Sua língua não é muito difícil e especialmente as crianças aprendem a falá-la em poucas semanas, o que ajuda a fortalecer a minha teoria sobre a origem deles. Contudo, as senhoras jamais aprendem a falar a língua fluentemente, e as gírias e pequenas expressões idiomáticas estão além de sua capacidade; porém, graças à energia inesgotável da Srta. Watkyns, aquela mulher inteligentíssima, elas agora possuem uma pequena Gramática Snerg, com vocabulário e alguns exercícios fáceis.

Os Snergs ficaram muito interessados no desenvolvimento da Sociedade e logo ofereceram os seus serviços. O que sucedeu foi que eles passaram a fazer todo o trabalho pesado, como construção (no que eram peritos), jardinagem, pintura e decoração e as partes mais laboriosas das lidas domésticas, como esfregar o chão. Os Snergs chegam em grupos e passam algumas semanas trabalhando; então dizem que estão com saudades de casa, o que significa que cansaram do trabalho, e vão embora assim que outro grupo possa ficar no seu lugar. Em troca desses serviços, eles recebem instrução em métodos modernos tirados da enciclopédia da Srta. Watkyns, presentinhos vindos de Londres ou de alguma outra cidade grande quando uma das senhoras vai até lá a negócios e aquelas pequenas vantagens gerais, difíceis de especificar em palavras, que surgem da interação com mulheres refinadas.

Se as crianças vão até a floresta para colher frutinhas ou cogumelos ou o que quer que esteja na estação, ou para brincar de mocinho e bandido, um ou dois Snergs vão com elas para espantar ursos inoportunos. Quando estão tomando banho, um ou dois Snergs sentam-se numa pedra prontos para mergulhar e pegar qualquer criança que fique em apuros. É interessante ver como eles alcançam uma delas com algumas braçadas vigorosas, levam-na para terra, seguram-na de cabeça para baixo pelos calcanhares para deixar a água sair e a colocam na grama para secar.

Os Snergs usam calças justas de lã, com um colete do mesmo material e um cinto de couro e pequenos gorros redondos de couro que se parecem com os tipos mais fundos de pires. Quando estão na sua terra, a maioria deles mora na cidade; alguns poucos possuem moinhos e fazendas mais afastados, mas vão à cidade com frequência, pois são um povo gregário, que adora companhia. A cidade possui uma rua principal cheia de curvas, que se ramifica em um ou dois becos que passam por arcadas e assim por diante, e as casas têm três, quatro ou mais andares, construídas com madeira, barro e gesso de maneira irregular, com uma aparência de instabilidade, embora na verdade sejam seguras, ainda que um pouco elásticas. Se uma casa se inclina mais do que deveria, eles a escoram com madeiras apoiadas na casa ao lado, e isso geralmente lhes dá uma desculpa para fazerem uma pequena passagem coberta com as madeiras para que assim possam se visitar sem todo o trabalho de descer e subir as escadas, uma vez que adoram fazer visitas. Nunca se sabe quando um Snerg vai terminar sua casa, porque ele está sempre acrescentando algo a ela, como instalando janelas ou erguendo uma sacada com estacas até uma das grandes árvores próximas e então construindo um quarto extra na própria árvore e bobagens similares.

São um povo longevo; grosso modo, vivem tanto quanto carvalhos. Por exemplo, aqueles Snergs que se lembram da comoção causada pelo desembarque de Guilherme, o Conquistador (1066), são velhotes muito idosos e teimosos que se sentam em poltronas. Os homens que se lembram da Guerra das Rosas estão na meia-idade e têm um juízo maduro (na medida em que um Snerg pode ter juízo), enquanto os nascidos por volta da época da Conspiração da Pólvora ainda possuem algo da despreocupação alegre da juventude. Os bebês datam da Batalha de Trafalgar em diante.

Os Snergs são ótimos com banquetes, que dão ao ar livre em longas mesas juntadas que seguem as curvas da rua. Isso é necessário porque quase todos são convidados — ou, melhor dizendo, ordenados a comparecer, pois é o Rei que dá os banquetes, embora cada pessoa tenha que levar sua parte da comida e da bebida e colocá-las no estoque geral. O procedimento mudou nos últimos anos devido ao número enorme de convites que precisavam ser enviados; as ordens agora são subentendidas e apenas convites para permanecerem longe são enviados às pessoas que não são desejadas em determinada ocasião. Os Snergs às vezes têm dificuldades em arranjar uma razão para um banquete, e então o Mestre de Assuntos Domésticos, sendo este o seu trabalho, precisa caçar por uma razão qualquer, como ser o aniversário de alguém. Certa vez deram um banquete porque não era o aniversário de ninguém naquele dia.

O Rei senta-se à cabeceira da mesa, com as melhores pessoas de ambos os lados, e lá ficam na luz suave do entardecer e contam histórias dos bravos dias de antigamente e escutam a música das harpas. Mas na outra ponta da mesa, fazendo a curva e fora de vista, geralmente o comportamento e as conversas são muito levianos, já que não há ninguém para controlar a quantidade de taças de hidromel que bebem; e a verdade é que os Snergs ficam levemente embriagados, rindo em demasia e agarrando os gorros alheios e jogando-os nos rostos uns dos outros e outras coisas mais. Gente esquisita.

A história logo vai começar, mas será necessário falar um pouco a respeito das duas crianças, Sylvia e Joe, que acabaram envolvidas nos acontecimentos estranhos que mencionei, e também de Vanderdecken e seus homens, pois, se não fosse por eles, eu realmente não sei se as coisas teriam terminado tão bem. Comecemos com Sylvia.

5. Sylvia

A mãe de Sylvia era uma viúva que vivia em uma casa confortável em Londres e que era muito admirada e a quem chamaremos de Sra. Walker porque esse não era o seu nome. Embora de certa forma tivesse orgulho de Sylvia, pois ela era uma menininha que tinha um cabelo que ficava cacheado naturalmente, a Sra. Walker nunca se preocupou muito com a menina devido aos seus compromissos sociais. Por exemplo, jamais fez a filha rir com a brincadeira dos porquinhos ou fingiu devorá-la, começando pelos pés, e jamais deixou as pessoas entediadas exibindo os vestidinhos de Sylvia para mostrar como ela estava ficando grande demais para eles; a Sra. Walker na verdade nunca via a filha, a não ser às vezes quando dispunha de um momento para subir correndo as escadas antes de ir a jantares e bailes e coisas do tipo. Porém, ela arranjou uma ama competente chamada Norah, que era versada em todas as coisas necessárias às crianças, incluindo histórias interessantes, e isso funcionou muito bem até Norah ter que ir embora e se casar com um rapaz do ramo das salsichas. A nova ama contratada tinha os seus próprios compromissos sociais (embora não tivessem tanta classe) e não podia dispor de muito tempo para Sylvia.

Um dia Sylvia ficou encharcada no parque e a ama (Gwendoline) se esqueceu de lhe trocar a roupa, de modo que a menina ficou doente. Ela adoeceu ainda mais e o médico foi chamado, mas ele foi absolutamente rude com a Sra. Walker por não ter sido chamado mais cedo e isso a deixou aborrecida, já que ela não estava acostumada à rudeza. Mas o que lhe aborreceu ainda mais foi ver uma deselegante mulher de meia-idade, que entrara de alguma forma e estava sentada ao lado da cama de Sylvia; e ao lhe perguntar o que fazia ali, teve como resposta apenas uma bufada, de maneira que a Sra. Walker foi embora. E meia hora mais tarde houve um rebuliço de fato, pois a mulher deselegante e Sylvia haviam sumido.

Houve muita agitação, pois recentemente havia ocorrido um ou dois casos daquele tipo, e saíram manchetes nos jornais a respeito; mas nada mais aconteceu e a pequena cama ficou desocupada de vez. Com o tempo — isto é, em três semanas —, o assunto foi deixado de lado e a Sra. Walker ficou de luto e parecia tão absolutamente doce e amável que Sir Samuel Gollop (Biscoitos) pediu-lhe a mão e a recebeu, e bem feito, ela agora é Lady Gollop, com uma casa em uma das melhores partes da cidade, dois carros e um pequinês que ganhou um prêmio. Mas nada de Sylvia, nunca mais.

E Sylvia estava aprendendo a jogar um novo tipo de polo aquático, em que as focas participam, e estava esquecendo rapidamente tudo sobre sua antiga vida, com exceção das histórias que Norah costumava lhe contar.

6. JOE

Joe é um menino robusto que tem por volta da mesma idade de Sylvia e que causou mais preocupações e incômodos para a Sociedade do que dez outros meninos com o mesmo peso e tamanho. Ele não era nem um pouco robusto quando chegou; os braços e as pernas eram finos e tinha machucados ou algo fora do lugar por todos os lados. O responsável por isso fora o seu pai, um picador de circo, que costumava treinar Joe para que fizesse truques lépidos com cordas e varas, de modo que com o tempo ele seria capaz de ganhar dinheiro e ajudar a sustentar a família — que, a propósito, consistia apenas do pai; a mãe se cansara há muito tempo.

Cada vez que Joe errava os truques lépidos significava que teria problemas, pois seu pai costumava beber tanto quanto o salário permitia e isso lhe prejudicava o raciocínio, por muitas vezes levando-o quase a se exceder no que costumava fazer a Joe em casa à noite. Joe nunca reclamou para as outras pessoas do circo, pois acreditava que os meninos vinham ao mundo com o propósito de serem sovados por seus pais; também imaginava que, se de fato reclamasse, seu pai lhe faria o que geralmente prometia fazer e, por mais ridículo que possa parecer, Joe queria continuar vivendo.

Tal situação chegou ao fim quando, certa noite, Joe fez algumas acrobacias desastrosas, deixando o pai tão irritado que, como disse que faria, "mostrou-lhe o que era bom para tosse". O homem foi interrompido pela aparição repentina de uma sisuda senhora de idade que era maior do que ele, senhora esta que ele notara nos últimos tempos diversas vezes nos assentos baratos e que agora escancarava a porta da cozinha em descumprimento da lei, segurando uma tenaz pela ponta. E então o pai perdeu a noção de tudo durante horas.

E, quando recobrou a noção, viu que a situação não era nem um pouco satisfatória. O crânio lhe parecia solto como um quebra-cabeça e ele se encontrava em um estado deplorável. E Joe havia sumido. Não saíram manchetes nos jornais sobre esse caso, porque ninguém lhe deu atenção — a não ser o pai —, e quando seu crânio foi remontado pela grande perícia dos cirurgiões (por seu nariz nada puderam fazer), Joe já estava se tornando merecidamente celebrado pelas outras crianças por seu jeito estouvado de montar sem sela em ursos pinoteantes e por fazer outras coisas contrárias ao regulamento.

7. VANDERDECKEN E SEUS HOMENS

Visto que as estranhas aventuras de Joe e Sylvia ocorreram primeiramente devido ao que Joe fez com a sopa da tripulação de Vanderdecken, é aconselhável apresentar aqui um breve relato acerca desses interessantes estrangeiros.

Como eu disse, Vanderdecken (vulgarmente conhecido como o Holandês Voador) chegou um pouco antes e acampou na margem de um rio ao norte da Baía Watkyns. De tanto serem jogados de um lado para o outro pelos mares desde que partiram da Holanda no século XVII, ele e seus homens consideravam a nova situação uma mudança bem-vinda e não tinham pressa em partir, ainda que ansiassem por rever suas esposas e bebês. E era muito bom que não tivessem pressa em partir, pois suas esposas e bebês haviam morrido centenas de anos atrás e lhes teria sido uma comoção caso tivessem conseguido voltar para casa, por si só uma questão duvidosa.

Cada homem possuía uma cabana, feita de juncos resistentes e com um telhado de ramos de palmeira. As construções ficavam em um semicírculo, sendo uma no meio com o dobro do tamanho para Vanderdecken, e havia um jardim na frente onde se plantavam ervilhas-de-cheiro e alguns tubérculos simples. Havia também uma grande cabana principal onde faziam as refeições e se sentavam em volta das mesas depois, fumando os longos cachimbos e falando sobre como realmente deveriam começar a se ocupar com o velho navio e limpá-lo para a viagem. A embarcação estava em mau estado, com as velas remendadas e os golfinhos entalhados na proa desgastados pelos mares por onde navegara durante tantos anos exaustivos; mas o máximo que os homens fizeram para aprontar o navio foi deixá-lo mais leve, descarregando na praia o que havia de pesado — um extraordinário canhão antigo e as duas âncoras de reserva, fardos de especiarias e presas de elefantes, barris de carne salgada dura como pedra devido à idade e outras coisas mais. Cada marujo levou para a praia seu barril e rede de dormir e ajeitou sua cabana com um chão de conchinhas esmigalhadas e talvez uma ou duas prateleiras e uma estante para cachimbos, canequinhas e outras miudezas. O papagaio de Vanderdecken continuava firme e forte, pois a maldição também recaíra sobre ele (não que isso o incomodasse), e a ave empoleirava-se ao sol com uma lata de nozes ao lado, praguejando em alto holandês.

É lamentável que as relações deles com a Sociedade, ainda que amigáveis, não fossem de todo entusiásticas. Em primeiro lugar, eles, como todos os holandeses, eram fleumáticos e pouco dados a rompantes. Em segundo lugar, a Inglaterra estava em guerra com a Holanda quando partiram e eles não gostavam da visão da bandeira britânica tremulando acima da principal edificação da Baía Watkyns. Naturalmente era dever da Srta. Watkyns fazer a primeira visita, de modo que ela compareceu com seis das senhoras e disse aos holandeses que não tinha objeções à estada deles no lugar — o que pareceu um tanto supérfluo, visto que já haviam se acomodado — e que esperava que achassem o descanso e a mudança benéficos. Não foram oferecidas bebidas, pois Vanderdecken não tinha chá, apenas aguardente, uma bebida forte que se acredita fazer um homem subir em árvores mesmo que não saiba como e, portanto, obviamente não era apropriada para senhoras. A visita foi retribuída no devido tempo por Vanderdecken, o imediato e dois marujos de banho tomado; e, desde então, vez ou outra ocorrem visitinhas formais, porém, como eu disse, sem verdadeira cordialidade; eram principalmente conversas sobre o tempo.

No entanto, os holandeses davam-se muito bem com os Snergs, que os visitavam com frequência e os convidavam para passar os fins de semana na cidade, o que servia de belo pretexto para um banquete. Então os Snergs logo apresentaram aos holandeses um tipo especial de hidromel feito do mel de abelhas selvagens, com o acréscimo de um pouco de gengibre destilado para dar um toque especial. Essas foram boas novas para os apreensivos marinheiros, pois, embora tivessem começado a viagem com um bom suprimento de aguardente, eles obviamente não levaram em consideração a maldição e agora o suprimento estava diminuindo a níveis alarmantes, o que vinha fazendo com que muitas testas se franzissem com a situação. Grupos de caça são organizados com frequência; os holandeses levam mosquetes com entalhes estranhos e os Snergs vão de arco e flecha, e voltam para casa com sacos sortidos. Entretanto, isso resultou em problemas com a Sociedade, pois a Srta. Watkyns disse que não podia permitir a caça indiscriminada de animais nas terras da floresta entre a praia e o país dos Snergs; e que se quisessem (disse ela com ironia) eles podiam ir à terra que ficava do outro lado do rio profundo, onde segundo os rumores viviam muitas feras terríveis dignas das habilidades dos holandeses, e matar quantas quisessem. Ela apresentou uma lista de animais que eram proibidos; entre esses estavam ursos-de-canela, veados jovens e várias espécies de pássaros. Vanderdecken protestou veementemente e apareceu para discutir a questão; mas havia juízo no homem e, no fim, ele acabou cedendo. Os holandeses agora caçam apenas veados adultos, lebres, patos e oscilins, um animal herbívoro veloz que é uma mistura de ornitorrinco com porco, mas com uma cauda preênsil. São deliciosos cozidos com louro.

Mas, ainda que não houvesse grande cordialidade entre as senhoras da Sociedade e os holandeses, tampouco havia atritos. A Srta. Watkyns costuma enviar-lhes algumas dúzias de ovos ou uma cesta de ameixas do pomar e coisas do tipo, e Vanderdecken mandou um de seus homens para plantar tulipas da maneira como devem ser plantadas, uma vez que os holandeses são muito habilidosos nessa arte. Quando a casa de banho das senhoras foi derrubada num vendaval, os homens de Vanderdecken apareceram e a colocaram no lugar com os próprios braços, e no último Natal ele enviou dois sacos de pequenos moinhos de vento entalhados para as crianças. No geral, as relações poderiam ser chamadas de satisfatórias.

8. Como a Aventura Começou

Após esse breve relato geral sobre as condições, está na hora de recontar o que aconteceu a Sylvia e Joe devido à impulsividade dela e à desobediência e audácia dele, e digo mais uma vez (pois é bom repetir esse ponto) que espero que a história tenha o devido efeito nos meus jovens leitores.

Eu já contei que Joe causava preocupações e incômodos para a Sociedade. O principal motivo para isso era a sua curiosidade insaciável de saber o efeito de certos atos, particularmente daqueles que eram proibidos, e, embora a responsável por sua chegada (a Srta. Gribblestone) tivesse lhe passado sermões e lhe contado histórias com moral, como aquela sobre o menino que era devorado pela curiosidade e acabou devorado por uma serpente, e ainda que a Srta. Watkyns lhe tivesse dito que no ritmo que as coisas iam punições severas eram apenas uma questão de tempo, tudo isso de pouco ou nada adiantou. E a parte realmente séria era que ele e Sylvia eram bons amigos e ela, sendo impulsiva, encorajava-o e ajudava nas peripécias.

Esses dois não se separavam. Compartilhavam tudo o que tinham, inclusive segredos e qualquer pequena guloseima em que colocavam as mãos. Dividiam até mesmo um cachorrinho (que chamaram de Tigre devido à ferocidade do animal para com chinelos e outras miudezas, e que era totalmente branco, salvo por uma orelha e o lado esquerdo da cabeça, que parecia ter passado por uma lata de graxa), e esse é o único caso conhecido de posse compartilhada desde que a Srta. Watkyns criou aquela excelente regra de um animal por criança.

Muitas foram as soluções propostas para o aprimoramento das duas crianças, mas a dificuldade residia no fato de que as Srtas. Scadging e Gribblestone não conseguiam chegar a um acordo a respeito de qualquer método em particular. Foi a Srta. Scadging que tirou Sylvia da mãe, e ela dizia que Joe era uma má influência para a menina e que apenas ele deveria ser punido. Por outro lado, a Srta. Gribblestone era da opinião de que, se não fosse pelo encorajamento de Sylvia, Joe seria um menino exemplar como aquele Edgar da história, que saía antes do café da manhã para colher tasneirinhas para o canário da tia. E assim as coisas ficaram nesse pé, pois a Srta. Watkyns fazia questão de jamais interferir, a não ser em casos muito urgentes.

Não havia dúvida de que Sylvia encorajava o menino. Ela tinha olhos azuis e sedosos cachos dourados e, consequentemente, quando dava risadinhas e dizia a Joe que ele jamais ousaria fazer o que dissera que seria algo excelente de se fazer, o menino costumava ir imediatamente fazer a tal coisa, o que quer que fosse. E quando o fato estava consumado e algumas das senhoras iam juntar os pedaços ou fazer o que mais fosse necessário ser feito e levar Joe e Sylvia para que se explicassem imediatamente, elas viam que as duas crianças pareciam inofensivas e adoráveis, talvez sentadas na praia com os braços ao redor dos pescoços uma da outra, comportadas, ou então realizando algum ato de bondade, como nadar até a Rocha dos Pinguins com um saco cheio de caracóis.

9. Como a Aventura Realmente Começou

Eis como a aventura realmente começou. Numa bela manhã, os dois foram até o acampamento de Vanderdecken sem permissão, e lá Joe foi arteiro o suficiente e tolo o bastante para jogar meio tijolo dentro do caldeirão de sopa que os marinheiros estavam preparando. Foi uma coisa arteira de se fazer porque os homens nunca o machucaram, e uma coisa tola porque era certo que seria pego. Mas o menino gabara--se que faria, e Sylvia dera as risadinhas de costume e dissera que não acreditava nele, então Joe encontrou o tijolo pela metade e lá se foram eles.

Falando no ato, deixando totalmente de lado o aspecto moral, posso dizer que foi um bom arremesso. Havia seis marinheiros em volta do caldeirão, sentindo o cheiro agradável que dali exalava e elogiando o cozinheiro, quando o projétil aterrissou, vindo de uma rocha elevada nas proximidades, e o impacto fez com que o líquido quente e viscoso lambuzasse os rostos e as roupas dos holandeses. No instante seguinte, Joe, Sylvia e Tigre saíram em disparada de volta para casa. Ao chegarem lá, sem fôlego, e à vista de algumas senhoras, foram de imediato fazer carinho em alguns animais. Colheram punhados de capim e ofereceram a algumas ovelhas já bem alimentadas, e as expressões nos rostos dos dois enquanto faziam isso lembrava as dos rostos de anjos nas pinturas de Murillo, aquele grande pintor.

No devido tempo, os seis marinheiros e o cozinheiro apareceram para apresentar uma queixa. O aborrecimento dos homens era tamanho que, embora falassem a língua de modo fluente, não era possível compreendê-los; creio que de início conseguiram articular apenas imprecações em uso entre os marinheiros do século XVII. Contudo, acabaram acalmando-se o suficiente para conseguirem explicar o seu caso e exigir que Joe, a quem haviam reconhecido, fosse-lhes entregue para ser punido com uma querena, um termo que nenhuma das senhoras entendeu.

A Srta. Watkyns foi compreensiva, mas obviamente não podia permitir que fizessem justiça com as próprias mãos. Acalmou-os de modo diplomático, prometendo que o menino receberia um castigo proporcional à ofensa cometida, e deu a cada um dos marinheiros uma bola feita de alguma mistura que garantia a remoção das manchas de gordura sem danificar o tecido.

Depois a Srta. Watkyns abriu a Enciclopédia Conveniente para ver o que o livro dizia a respeito da querena. Era o seguinte:

"Querena. Uma forma de punição outrora muito em voga entre marinheiros. O método costumeiro de aplicação consistia em amarrar cordas aos quatro membros do delinquente, abaixá-lo até o fundo do navio e arrastá-lo até o cadaste e depois içá-lo novamente, repetindo-se o processo tantas vezes quantas fossem consideradas necessárias para expiar a ofensa. Em casos muito graves, o costume era continuar com a operação até que as cracas que haviam se acumulado na quilha do navio fossem removidas. Ver Mexilhão."

"Imagino que estejam irritados", disse para si mesma a Srta. Watkyns enquanto guardava o volume. E como, apesar de seus ideais elevados, ela era humana, concluiu: "Gostaria de ter visto aquele meio tijolo atingir o alvo."

Na reunião que ocorreu a seguir, a Srta. Scadging propôs que Joe deveria ser considerado o único culpado, visto que era um menino e, portanto, era seu dever dar o exemplo para o sexo mais frágil. A Srta. Gribblestone, por princípio, fez objeção a isso; ela não estava nem um pouco convencida de que as mulheres eram o sexo mais frágil e contou mais uma vez como havia nocauteado o pai de Joe; citou também casos de crimes cometidos por homens instigados por mulheres. A Srta. Watkyns era da opinião de que uma maneira boa e rápida de resolver a questão seria dar em Joe umas seis ou dez das boas com a parte de trás de uma escova de cabelo na frente das crianças; mas a Srta. Gribblestone protestou veementemente, dizendo que isso deixaria o menino abalado. Ela fez uma contraproposta de apelar para o orgulho de Joe.

Não é exagero dizer que eu poderia continuar falando sobre o caso por muitas páginas, mas não arriscarei cansar o leitor com um tratado sobre os argumentos a favor e contra os castigos corporais. Apenas direi que, ao final, decidiram deixar Sylvia de fora dessa vez e encarcerar Joe pelo resto do dia no Quarto da Torre a pão e água.

10. O Quarto da Torre

O Quarto da Torre, como o nome sugere, era um quarto numa torre. Expliquei anteriormente que as construções eram feitas pelos Snergs e também que a tendência natural deles era de se entregarem a aberrações arquitetônicas. No entanto, graças a uma supervisão cuidadosa, a Srta. Watkyns fez com que continuassem construindo de acordo com as plantas detalhadas que ela preparara e reprimiu a inclinação dos Snergs de estragar a simetria das casas com acréscimos fantásticos e desnecessários. Um dia, porém, enquanto a Srta. Watkyns estava ausente em um piquenique, os Snergs se soltaram e construíram rapidamente uma torre num canto da edificação principal, com extravagantes detalhes sinuosos nas paredes e um tortuoso lance de escadas no interior que levava ao quarto em questão, e, quando a Srta. Watkyns voltou, eles já estavam colocando o telhado. A torre na aparência lembrava as formas mais desprezíveis de faróis e era inútil para qualquer coisa prática, sendo tão estreita que uma pessoa adulta que subisse as escadas tinha que se contorcer como uma cobra e o quarto no topo sendo tão pequeno que a Srta. Watkyns havia considerado a questão de transformar o lugar em um pombal. Contudo, o quarto serviu muito bem para deixar Joe de castigo.

II. Como Joe Suportou o Cativeiro

As horas se passaram. O sol agora já não estava tão alto no céu. Da praia vinham os sons de gritinhos animados; as crianças estavam se divertindo lá. Joe estava sentado no parapeito da janela do quarto da torre, as mãos nos bolsos do calção e os pés balançando para fora, com um olhar desconsolado. Atrás dele no chão havia um prato com pedaços de pão seco e uma jarra de água límpida e fresca tirada da bomba. Não havia mais nada ali além de um banquinho de madeira; o quarto era tão desprovido de conteúdo quanto um pote de geleia vazio. Acima de Joe estava o céu claro e azul. Diante dele, a relva verde e a floresta que balançava. Abaixo, uma queda feia de mais de oito metros. Acho que não me esqueci de nada.

Joe teve um sobressalto e olhou ao redor, pois ouviu vindo de algum lugar o pio da aviola, ou pequena coruja, que por direito ainda devia estar dormindo naquela hora. Ele respondeu com meio-assobio, meio-pio do mergulhão-de-crista (esses eram sinais secretos), e Sylvia surgiu dos arbustos próximos, acompanhada do pequeno (porém fiel) cachorro. Ela afastou alguns cachos, que lhe haviam caído no rosto na passagem, e deu uma boa olhada para o menino.

"Oh, Joe", disse ela em voz baixa, com pena, "está terrivelmente solitário aí em cima?"

"Sim, Sylvia, estou tão solitário e miserável! E não tenho nada para comer além de pão seco. Acho que o secaram de propósito."

"E Tigre vem querendo saber qual o problema, Joe." Ela ergueu o cachorro e Tigre conseguiu ver Joe, retorceu-se e soltou gemidos, como um filhotinho que queria ser consolado. "Mas tenho algo para você."

Sylvia colocou Tigre no chão e pegou um lenço. "Tenho aqui uns pedacinhos de pão que não estão tão secos com um pouco de compota de maçã e um pedaço de bolo de sementes. E algumas peras. Acho que você não tem algum fio, tem?"

"Sim, tenho", respondeu Joe, animado. "Estou com minha linha de pescar. Aqui está. Fiquei pescando durante horas tentando pegar alguma coisa para brincar, mas só consegui alguns gravetos e não tive muito o que fazer com eles."

Sylvia amarrou o lenço com os mantimentos na linha e pouco depois Joe estava ocupado comendo.

"É como se você fosse uma princesa presa em uma torre", disse Sylvia depois de um tempo. "Como Rapunzel."

"Só que eu não tenho um cabelo tão longo. Sinto-me como um gato velho em cima de um poste... só que não posso descer. Quando que elas vão me deixar sair?"

"A Srta. Watkyns disse que quando nós todos estivermos na cama. Ela não é terrível?"

"Mas isso é daqui a muitas horas! Ah, Sylvia, eu preciso sair!" Joe começou a pular no parapeito e Sylvia deu um grito.

"Oh, Joe, seu asno, você vai cair!"

COMO JOE SUPORTOU O CATIVEIRO

"Eu não, nem pense nisso." Ele pulou novamente para mostrar o quanto era habilidoso.

"Olhe, Joe, quer que eu pendure o Tigre? Vou amarrá-lo no meu lencinho para não cair e então você pode brincar com ele um pouco... Não, fique com ele aí em cima com você, e então a Srta. Watkyns terá uma surpresa quando encontrá-lo aí! Ela vai pensar que ele de alguma forma criou asas."

"Sim, isso seria bom. Mas tive uma ideia muito melhor, Sylvia. Apenas me traga aquela corda do varal logo ali."

"Para quê? Tem pijamas secando nele."

"Não quero os pijamas, só a corda. Pegue, Sylvia, é algo delicioso. Se você não pegar, vou lhe mostrar como se pendurar de cabeça para baixo de uma janela."

"Não, não faça isso", gritou Sylvia. "Vou trazer a corda." Ela correu e voltou um minuto depois com a corda do varal, que amarrou ao anzol de Joe. "Pijamas por todo o gramado. Vai ser uma bela bronca se me pegarem. Você é um cabeçudo, Joe."

Joe não respondeu, pois estava ocupado. Ele puxou a corda para cima e amarrou uma ponta no banco, e então conseguiu prender o banco deixando-o atravessado no caixilho da janela. Depois chamou Sylvia, para que a menina ficasse pronta lá embaixo.

"Pois é um pedaço de corda já podre", disse ele, "e, além disso, não acho que aquele banco velho vai aguentar muito tempo. Mas logo saberemos."

Logo depois Sylvia deu um grito, pois lá estava Joe do lado de fora da janela, rodopiando na corda. Porém, antes que se pudesse contar até dez, ele já havia escorregado para o chão e Tigre estava pulando e tentando alcançar o rosto do menino para lambê-lo. Não foi um truque muito impressionante para um menino de circo, mas Sylvia tampouco sabia algo sobre circos. Ela passou os braços em volta do pescoço de Joe e o abraçou.

"Oh, Joe, você é um menino corajoso! Parecia um macaquinho descendo... só que você não tem um rabo. Mas como vai fazer para colocar a corda de volta no lugar?"

"Não estou preocupado com a corda", disse Joe. "Nós vamos fugir."

"Fugir! Por quê?"

"Por diversão. Não vou ser preso por ninguém. Vou visitar os Snergs e você precisa vir comigo. Tigre também vai, é claro. Vamos nos divertir muito!"

"Como assim, sua criança irrequieta?" (Ela às vezes usava palavras que ouvia a Srta. Watkyns e outras senhoras dizerem.) "A terra deles fica a milhas e mais milhas daqui! E você não conhece o caminho para lá."

"Conheço, sim. É só ir reto por ali, um pouquinho antes de onde o sol se põe. Vamos por aquele caminho até não conseguirmos mais vê-lo e então dormiremos num belo lugar na floresta."

"Sim, Sabichão, e amanhã? O sol está sempre sobre o mar de manhã."

"Então tudo que temos que fazer é ir para o outro lado, ora."

Sylvia ficou bastante impressionada com a engenhosidade dele. "Sim, mas e depois, Joe?", perguntou depois de algum tempo. "O que a Srta. Watkyns fará quando descobrir?"

"Sim, mas o que acontece depois acontecerá depois. Não entende? Vamos, Sylvia, são aventuras, como aquelas histórias que a sua ama contava. E é muito melhor ser uma história do que só ouvi-la. Hoje à noite dormiremos na floresta — é agradável e quente — e amanhã em algum momento chegaremos no lugar dos Snergs e passaremos bons momentos com eles. Pense só no que os outros meninos e meninas vão achar de nós. Vão morrer de inveja!"

Sylvia nunca conseguiu entender direito como aconteceu, mas se viu correndo de mãos dadas com Joe pela relva macia, com Tigre saltitando em volta deles e de vez em quando tropeçando nos próprios latidos, aproximando-se cada vez mais das árvores que pareciam tão frescas naquela tarde quente.

"Oh, Joe", disse ela ofegando, enquanto corria, "que criaturinha absurda você é!"

12. A FLORESTA

A floresta parecia para essas crianças precoces mais profunda e sombria, mais silenciosa, e a relva mais macia do que jamais haviam visto; mas é possível que se devesse ao fato de que anteriormente elas só foram até lá com bandos de crianças, que pelo menos acabavam com a quietude. A grama era salpicada por raios de sol nos pontos em que a mata não era tão fechada, e às vezes surgiam feixes de luz por entre as árvores que lhes serviam de guia, pois tudo o que Joe e Sylvia tiveram que fazer até então era correr o mais rápido que pudessem na direção do sol. E seguiram correndo cada vez mais, fingindo que fugiam de inimigos que não sabiam o que era misericórdia, e que precisavam se afastar o máximo possível enquanto podiam.

Em certo ponto tiveram que parar de correr e caminhar, mas caminhavam apressados, pois Joe dissera que precisavam prosseguir durante horas e mais horas. Mas não se passou muito tempo até terem que se sentar e descansar, pois estavam com calor, suados e ficando com muita fome. Joe abriu o lenço de Sylvia, onde levava o resto das peras que ela trouxera. Haviam sobrado cinco, um tanto amaciadas pelos solavancos, já que estavam maduras, mas os dois as comeram, com partes amassadas, casca e tudo, e então mataram a sede num riacho, deitados de bruços e bebendo como caçadores.

A parte de Tigre da refeição foi quanta água quisesse beber; ao vê-lo se sentar e pensar depois dessa dieta minguada, Sylvia suspeitou que talvez eles tivessem sido um pouquinho precipitados. Porém, Joe disse que Tigre poderia tirar o atraso no dia seguinte com um belo banquete, deixando por completo de levar em consideração as muitas milhas que se estendiam entre eles e o País dos Snergs e a chance ínfima que tinham até mesmo de encontrar o caminho até lá. Joe dizia que era realmente uma aventura, como a que a ama contara a Sylvia, e salientava como era provável que algo emocionante aconteceria a qualquer momento. Sylvia era da opinião de que eles eram pequenos demais para fazer qualquer coisa caso algo emocionante de fato acontecesse e disse que esperava que nada do tipo ocorresse. Ela lhe perguntou se achava que faria frio quando escurecesse, ao que ele respondeu "Não, o tempo só vai ficar bom e fresco", pois era sempre um otimista.

Os dois se levantaram e continuaram em frente, seguindo os raios do sol o quanto podiam, até que o astro por fim se pôs e a única coisa que conseguiam ver era um brilho vermelho que vinha da vegetação menos densa, que era composta principalmente por arbustos. E ainda assim seguiram sempre em frente, até Sylvia dizer que começava a sentir as pernas bambas e que precisava se sentar. Pois vejam só: lá estavam aqueles tolinhos embrenhados no meio da mata, com as sombras adensando-se ao redor.

Joe subiu em uma árvore para ver se conseguia ver algo que valesse a pena ser visto, como a fumaça da cabana de um lenhador honesto ou algo do tipo, como nas histórias de florestas, embora na verdade ele não tivesse muita esperança de encontrar alguma coisa, já que haviam lhe dito que pouco havia entre o mar e o País dos Snergs além de bilhões de árvores. Tudo o que conseguiu ver foi um pontinho vermelho, que ele disse que podia ser o último vestígio do pôr do sol ou uma fogueira feita por índios ou canibais — embora não falasse sério sobre essa última parte e Sylvia tampouco acreditasse ou tivesse qualquer interesse nela. O que a menina queria era jantar de verdade e uma cama; a floresta estava ficando cada vez mais escura e séria, e Sylvia sentiu um pequeno calafrio como se boa parte da diversão de repente tivesse desaparecido.

"Está ficando cada vez mais como uma daquelas histórias", disse Joe, satisfeito. Como se verá, havia nele uma boa dose de cabeçudice. "Especialmente aquela parte lá, que parece uma passagem sombria. Imagine se uma bruxa velha viesse de lá, fazendo *flop, flop, flop* a cada passo e nos dissesse para ir até a casa dela."

"Ah, não, Joe! Não queremos que seja tão parecido com aquelas histórias. Está ficando terrivelmente silencioso. Queria não ter vindo."

"Mas só está silencioso o suficiente para ser legal, Sylvia. Além disso, é muito divertido. Não há ninguém para nos dizer que não devemos fazer alguma coisa ou para nos dizer quando ir para a cama. Vamos para cama quando bem entendermos."

"Sim, mas onde vamos para a cama?"

"Ah, em algum lugar por aí. Já sei! Vamos pegar algumas folhas caídas, como os bebês nas florestas, e nos cobrir com elas."

"Mas é verão e não há muitas folhas caídas."

–"Não tem problema. O que temos que fazer então é dormir juntinhos. Cuidarei de você, nada tema, e se qualquer bruxa velha vier a...", aqui ele parou de súbito e olhou para as sombras que se adensavam ao redor.

"Oh, Joe!", gritou Sylvia, indo para trás do menino.

O som que ouviram era de passos estranhos e suaves que vinham da parte que Joe dissera que parecia uma passagem sombria. Ele desejou ter levado consigo de alguma forma uma espada, ou um arco e flechas, ou mesmo uma das armas do velho Vanderdecken, ainda que o coice o derrubasse, como aconteceu quando um dia conseguiu colocar as mãos em uma (mas ninguém descobriu quem fez isso). Infelizmente, tudo o que tinha no momento era sua faca de escalpelar feita em madeira; mas Joc a sacou, pois parecia ser melhor do que nada.

Então, para a surpresa e alegria dessas crianças, um grande urso-de-canela apareceu e foi até elas, sacudindo a cabeça de um lado para o outro e cambaleando, por assim dizer. Foi preciso algum tempo para provar ao animal que os dois não estavam com ânimo para brincadeiras, mas de tanto o empurrarem pelo lado, entrou na cabeça dura do urso que as crianças queriam que ele se deitasse, e então se jogou no chão. Eles então se aproximaram do animal, Sylvia do lado de dentro para conseguir aproveitar o máximo de pelo possível, e Tigre aninhou-se num espacinho vazio perto do pescoço da menina; e logo dormiram, pois estavam muito cansados, por causa da longa caminhada e da novidade de tudo. Mas que mudança! Do jantar cuidadosamente preparado, com leite quente e torradas, para peras frias e água. Do dormitório limpo e decorosamente colorido para a floresta solitária açoitada pelo vento. Das pequenas camas, com lençóis limpos esticados sobre resilientes lúpulos aromáticos para o costado de um urso. E o urso teve pesadelos e ficou acordando as crianças com gemidos e sons arrepiantes, e mais de uma vez ele se virou para o outro lado, esquecendo-se delas, e Joe teve que socá-lo e dar uns puxões com força no pelo para que o animal soubesse que havia gente e um cachorrinho debaixo dele. Foi uma noite longa, difícil e desagradável, e bem felizes eles ficaram quando, depois do que pareceu ser uma semana, chegou o amanhecer.

13. O AMANHECER

Nada havia de especial sobre o amanhecer quando ele chegou. Era frio, cinzento e causava calafrios, com uma neblina que ocultava as árvores que estavam a pouca distância, e Sylvia se sentia muito descontente e faminta e desejava muito não ter dado ouvidos a Joe. Ele, por outro lado, era muito valente e forte, esfregou as mãos e os pés para aquecê-los e então deu saltos mortais para trás para se aquecer, para grande surpresa do urso, que se sentou sobre as patas traseiras e observou, como fazem os ursos-de-canela diante de qualquer novidade. Não havia nada para comer além de frutinhas geladas cobertas de orvalho, o que não era do agrado dos estômagos das crianças naquela hora. O urso, porém, comeu grandes quantidades dessas frutinhas e os dois tiveram que chutá-lo para que parasse de se entupir e seguisse viagem.

Joe ajudou Sylvia a subir no dorso do urso, onde se sentou com Tigre agarrado a ela, pois agora era um cachorrinho muito quieto por não ter tido nada para comer por tanto tempo, e eles seguiram em frente por algumas milhas — ou seja, seguiram na direção oposta de onde conseguiam ver sinais do nascer do sol sobre as árvores. Mas o urso não entendia que as crianças queriam que ele fosse o mais direto possível para o oeste, e continuou a sair do caminho, entrando em clareiras silvestres, e Joe teve que empurrar seguidamente a cabeça do animal para a direção que deveria ir.

As crianças se separaram dele de uma forma súbita e surpreendente. O urso avistou uma árvore oca a meia distância, de onde saíam abelhas aos montes, ainda que pacificamente, e intimou aos grunhidos que havia comida para todos e de sobra. Antes que as crianças percebessem o que ele queria dizer, o urso já estava correndo até a árvore e Sylvia conseguiu escorregar de cima dele bem a tempo. Num instante ele já estava atacando a parte podre da árvore para alcançar o mel, e nuvens de abelhas saíram furiosas lá de dentro para ver do que se tratava. Joe agarrou a mão de Sylvia e a arrastou bem a tempo até alguns arbustos, e os dois seguiram abrindo caminho pela mata o mais rápido que podiam até se afastarem bastante. Podiam ouvir, abafado pela distância, o zumbido das abelhas como uma longa nota de um órgão de igreja e a mistura de grunhidos e uivos do urso, embora não se soubesse se os últimos eram sons de alegria ou pesar. Sylvia disse que os ursos só sentiam dor com as picadas das abelhas no focinho, pois o pelo protegia seu corpo, porém Joe era da opinião de que os animais levavam ferroadas furiosas por todo o corpo, mas achavam que a dor valia a pena pelo mel, o que explicava a natureza variada dos uivos.

Cada vez mais em frente eles seguiram e o sol por fim se ergueu para lançar raios de luz animadora por entre as folhas e afastar a neblina, de modo que Sylvia começou a se sentir muito melhor, ainda que estivesse com fome e ficasse cada vez mais faminta conforme o tempo passava. E justamente quando a questão do café da manhã se tornara um assunto muito sério e triste, as crianças deram um grito de alegria, pois avistaram caminhando em sua direção, vindo pelos caminhos da mata, um certo Gorbo, um Snerg.

14. Gorbo, o Snerg

Gorbo era um Snerg bem conhecido e totalmente irresponsável que ocasionalmente ia até a Baía Watkyns para realizar algum trabalho e que era muito famoso pelo hábito de fazer mal o serviço, cansar-se dele quase que de imediato e então ir-se embora. Era de estatura mediana para um Snerg e bem jovem — era possível que tivesse duzentos e cinquenta anos — e, embora fosse por demais afável, possuía pouco do tipo proveitoso de inteligência. Gorbo dizia que era oleiro por profissão — ele de fato tinha um conhecimento superficial da área — e persuadira a Srta. Watkyns a deixá-lo construir um pequeno forno para oferecer vasos à Sociedade. Seus vasos, porém, não possuíam uma forma específica quando ficavam prontos, e muitos se despedaçavam ao serem manuseados, de modo que a Srta. Watkyns lhe disse sem rodeios que ele era uma fraude, e Gorbo concordou de bom grado, pois não gostava de contradizer as pessoas. A Srta. Watkyns o mandou ir embora — a expressão mordaz que usou foi que "vazasse" dali —, então o Snerg foi passar um ou dois dias com os homens de Vanderdecken, que gostavam do seu rosto, embora eu não saiba por quê, e agora Gorbo atravessava a floresta a caminho da cidade, onde tinha uma casinha com um quarto e uma cozinha. E foi por isso que as crianças o encontraram naquela manhã, com um sorriso largo no rosto, carregando seu arco e flechas e uma trouxinha com as poucas ferramentas de olaria que possuía, sua outra camisa e um punhado de bolos de trigo. Gorbo dormira em uma moita de samambaias, algumas das quais cortara para fazer uma espécie de ninho, e com pedaços de samambaia grudados na roupa e o cabelo desalinhado para fora do gorro, ele parecia uma pessoa tão mal-afamada quanto se esperaria encontrar mesmo entre os Snergs, que não são, na melhor das hipóteses, tão detalhistas no tocante à aparência pessoal.

Contudo, ele foi uma visão bem-vinda para Sylvia e Joe. Os três deram-se as mãos e dois passinhos de dança para um lado e depois para o outro, que é a maneira Snerg de cumprimentar e que todas as crianças haviam adotado (apesar da objeção da Srta. Watkyns, que achava aquilo absurdo e desnecessário), e então perguntaram a Gorbo se ele tinha algo para comer. Ele tirou os bolos de trigo da trouxinha e fez uma pequena fogueira para aquecê-los na sua espátula de oleiro, limpa antes com um punhado de grama. Antes de se sentarem para comer, Gorbo esgueirou-se até um rebanho de veados que aparecera perto dali e de alguma forma convenceu um dos animais a deixar que ele lhe ordenhasse. O Snerg voltou com uma boa quantidade de leite em um chifre com ponta de prata que tinha e as crianças dividiram a bebida entre si. Eles obviamente não levaram em consideração que estavam deixando algum filhotinho sem leite naquela manhã. Porém, foi um café da manhã muito animado. Foi uma felicidade para as crianças perceberem que o corpo de Tigre mais uma vez mostrava sinais de lustro e redondez, já que estava numa idade em que isso se notava rapidamente.

Quando Gorbo ouviu que eles tiveram a coragem de fugir, ele não ficou nem um pouco chocado com a insensatez dos dois, mas sim encantado com o temperamento aventureiro das crianças, que é exatamente o que se esperaria dele. Mas Gorbo disse que eles tiveram sorte em lhe encontrar, pois era de se duvidar que chegassem até a cidade se tivessem sido deixados por conta própria. E havia sempre o perigo de que se embrenhassem por partes onde a mata ficava cada vez mais cerrada com árvores cada vez mais retorcidas, até o ponto em que não daria para ir em frente ou retornar, e então ficariam perdidos de vez e que rebuliço isso causaria.

Sentindo-se tremendamente revigorados por essa bela refeição, seguiram viagem, com Gorbo à frente mostrando pequenos atalhos por entre as moitas de samambaia e assim por diante, e às vezes carregando Sylvia onde o terreno era irregular ou em lugares pantanosos e similares. Tiveram a sorte de encontrar outro urso-de-canela, que carregou as crianças por muitas milhas; mas acabou por insinuar do jeito costumeiro que já estava farto daquilo (agachando-se no chão com as quatro patas enfiadas debaixo do corpo, colocando a cabeça de lado e emitindo um longo e alto uivo melancólico). Desceram do animal e o urso levantou de um salto e foi embora rapidinho, e eles não encontraram mais outro. Era a época da migração anual dos ursos para a Terra das Castanhas, e é por isso que tão poucos ursos foram vistos nessa viagem.

Foi uma longa jornada e as crianças ficaram muito cansadas; Gorbo acabou tendo que carregar Sylvia nas costas, enquanto Joe teve que carregar o cachorrinho, que estava ficando com as patas doloridas de tanto perambular. Porém, justo quando parecia que a viagem nunca chegaria ao fim, avistaram para sua alegria, do alto de um morro, um amontoado de telhados vermelhos e pontudos, que Gorbo lhes disse (sem necessidade, na minha opinião) ser a cidade.

15. A CIDADE

Como nenhuma das crianças jamais havia sido vista antes na cidade, a chegada de Joe e Sylvia foi o sinal para um sem-número de exageros. Snergs saíram correndo de suas casas para a rua e empoleiraram-se nos telhados e onde mais era possível e bebês foram erguidos no alto para que pudessem ver. Alguns espertos correram para o campanário da cidade e tocaram os sinos, outros se ocuparam com faixas de tecido colorido e logo as tinham pendurado de um lado ao outro da rua. Os quatro Snergs mais brilhantes trouxeram os tambores da cidade e foram ao encontro dos recém-chegados.

A multidão se amontoava e as pessoas com mais consideração gritavam "Para trás! Deixem eles respirarem!". Joe e Sylvia estavam se sentindo acanhados e desconfortáveis com todo aquele espetáculo, mas Gorbo apertou o passo e empertigou-se, pois estava começando a achar que isso era algo muito melhor do que qualquer coisa que já tinha feito. E assim, entre os gritos da população, precedidos por música, seguiram rua afora.

Gorbo tinha esperança de que o Rei visse grande mérito no seu feito e que lhe concedesse uma condecoração. Quase todo mundo tinha alguma condecoração de um tipo ou de outro, e, embora não chegasse a contar com uma das melhores, Gorbo esperava conseguir pelo menos a Ordem da Noz-moscada de Latão. Logo foi desenganado. O Mestre da Casa aproximou-se dele com um olhar severo e disse que o seguisse até a presença do Rei e explicasse o que era essa pequena brincadeira. Ele deu então uma mão para cada criança e as levou até a Casa Real.

16. A Casa Real

A Casa Real é a única construção da cidade que está de pé sem se apoiar em outra construção, e isso naturalmente lhe confere uma aparência imponente. Imagine colunas de carvalho entalhadas de maneira singular circundando uma sala de audiências no andar térreo e sustentando a parte dos pavimentos superiores que se estendia em várias direções. No primeiro andar ficam os aposentos particulares, o salão de jantar (com uma plataforma de menestréis com espaço suficiente para quatro menestréis executarem as composições mais energéticas) e a sala onde os artefatos reais são mantidos em uma caixa acolchoada. No andar acima vivem os oficiais da corte, três deles, e no terceiro, ou andar do sótão, ficam os quartos dos empregados domésticos e uma sala grande com itens que costumam se acumular em qualquer casa grande, como cadeiras com pernas faltando, partes danificadas de armadura, espadas com punhos soltos, foles antigos e coisas do tipo. A cozinha fica em outro prédio, ligada ao salão de jantar por uma passarela suspensa que é coberta para que a comida não esfrie no caminho. No geral, uma morada organizada e cômoda para um Rei daquela estatura.

17. O REI DOS SNERGS

O Rei, Merse II, era um homem de aparência bem agradável, com o típico rosto dos Snergs emoldurado por suíças pretas que lembravam uma chinchila. Ele tinha a considerável altura de um metro e vinte, era parrudo e inclinado à corpulência. Disse para as crianças que se sentassem do lado dele e falou com elas gentilmente, esperando que não estivessem cansadas demais da viagem e perguntando de maneira cortês como estavam de saúde a Srta. Watkyns e as outras senhoras. Joe e Sylvia ficaram encabulados, mas também muito contentes; agora lhes parecia que tinham agido com muita inteligência ao embarcarem nessa expedição absurda.

Então o Rei se virou para Gorbo, que estava de pé com o gorro na mão, ainda segurando a trouxa e outras coisas. Vou me empenhar em fornecer uma tradução a mais literal possível da conversa.

"Salve, Gorbo, o mais inteligente e brilhante dos Snergs não achamos que sejas", disse o Rei.

"Salve, Rei. Que vossa sombra seja sempre larga." (Essa é a resposta formal para uma saudação real.)

"E o que fazes aqui com essas crianças, ó ornamento da raça, só que ao contrário?"

"Encontrei-as na floresta, ó Rei", respondeu Gorbo, ficando agora muito nervoso.

"Sim. E em que parte daquela ampla localidade encontraste-as, cérebro de primeiríssima talvez não?"

"Hã... do lado de cá do Vale do Cogumelo, ó Rei."

"Rá! E tu, sagaz palerma, tiveste algo a ver com o motivo para que se afastassem tanto de casa?"

Gorbo caiu de joelhos, em uma boa posição segura.

"Não, ó Rei, não mesmo. As crianças disseram que estavam vindo para cá, então eu... eu mostrei o caminho."

"Excelente! E não te ocorreu, biltre ínfimo, levá-las de volta à pequena morada à beira-mar?"

"N-não, ó Rei, e-eu não pensei nisso."

"Nisso acreditamos, tu que és pior que um verme."

O Rei cruzou as pernas e refletiu, com o queixo apoiado na mão. "E o que", perguntou ele por fim, virando-se para Joe, "a Srta. Watkyns (paz a ela) achará dessas tuas andanças?"

"Não sei, ó Rei", respondeu Joe, esperando estar falando de modo correto. "Apenas fugimos. Por diversão", acrescentou, para fazer com que a coisa soasse mais razoável.

"Por diversão, dizes tu, homenzinho! E se tivesses vagado com esta mocinha de cabelos dourados para partes onde as árvores são retorcidas como serpentes entrelaçadas e não há luz, terias então encontrado a tua diversão?"

Joe ficou sem jeito e sentiu-se terrivelmente desconfortável. O Rei então se virou para o Mestre da Casa, que estava ao lado do ajoelhado Gorbo puxando com desdém as orelhas do Snerg.

"E o que pensas tu sobre essa estranha questão?", perguntou o Rei.

"Creio que seria uma boa desculpa para um banquete", respondeu o oficial.

"Excelentemente dito!", exclamou o Rei. "Que assim seja. Primeiro despacharemos velozes mensageiros para a Srta. Watkyns para tranquilizá-la, e então celebraremos a visita desses pequeninos" — (as crianças eram quase tão altas quanto ele) — "com um banquete dos melhores. Porém", acrescentou, apontando o dedo com desprezo para Gorbo, "entrega a esta quase barata um belo e cortês convite para que fique longe da celebração."

"Por favor, ó Rei", Sylvia começou a dizer, tímida. Então ela se deteve de súbito, pois todos se voltaram para olhá-la.

"Fala, bela menina", disse o Rei de modo encorajador, colocando a mão nos cachos dela. "Que cabelo!"

"Por favor, não foi culpa do Gorbo", continuou Sylvia. "Veja, senhor... hã... ó Rei, Joe e eu fugimos, por diversão, e Gorbo nos encontrou quando estávamos famintos e nos deu muito o que comer. E ele nos conseguiu um pouco de leite de cervo e encontrou um urso para montarmos durante parte do caminho."

"Gorbo é uma boa pessoa, ó Rei", acrescentou Joe.

"Ah, então isso altera o caso", disse o Rei bruscamente. (Ele era um tanto impulsivo.) "Ergue-te, Gorbo. Nós cancelamos o convite e ordenamos que te banqueteies conosco neste dia... mas não muito próximo de nós. A chegada em segurança desses pequeninos após atravessarem a floresta", acrescentou ele de modo geral para todos, "e a descoberta de um pingo de senso nesse velhaco de fato fazem deste um dia de estranhos acontecimentos."

Sylvia e Joe ficaram então aos cuidados da Rainha, uma mulher gorda e sorridente, que neste ponto adentrou a sala de audiências. Eles primeiro tomaram um bom banho e depois um saboroso lanche de bolinhos de feijão com mel e um copo de leite, para aguentarem até o banquete, e Tigre recebeu um prato grande de pão encharcado com carne dentro, e depois de comer dormiu por horas. Enquanto estavam comendo, a Rainha apareceu com um pente e afofou o cabelo de Sylvia e colocou alguns cachos jeitosos a mais nele. E então, depois de um pequeno descanso, as crianças foram observar as preparações do lado de fora.

Foi uma visão interessante. O povo não tivera um banquete por mais de uma semana e era uma mudança bem-vinda. Homens cambaleavam pelo lugar carregando mesas e juntando-as nas pontas do jeito apropriado e colocando banquinhos e bancos longos no lugar. No total havia 38 mesas e cada uma tinha cerca de 3,5 metros de comprimento ($38 \times 3,5 = 133$ metros —, então vocês podem ver que nobre extensão o banquete teria!); as mesas iam da Casa Real até depois do mercado. De cada cozinha vinha o aroma de deliciosas carnes assadas. Nas janelas abertas, mulheres pequenas e robustas podiam ser vistas abrindo massas de tortas com rolos. Snergs sérios e responsáveis mediam o hidromel em jarras e as colocavam a intervalos regulares nas mesas. O bobo da corte foi até seu sótão e retirou um pequeno volume secreto debaixo do colchão e decorou alguns chistes espirituosos.

18. o
Banquete

As trompas soaram na hora marcada e todos se sentaram para o banquete à luz serena do entardecer. Na cabeceira estavam o Rei e a Rainha, lado a lado. À direita e à esquerda estavam sentados Sylvia e Joe, e depois deles vinham as melhores pessoas, depois os Snergs comuns em ordem de importância. Na ponta extrema da mesa, em algum lugar da periferia, sentava-se Gorbo. É o que achavam dele.

Fico feliz em relatar que a Rainha ficou de olho no que as crianças comiam, ou então poderia ter havido sérios problemas para elas mais tarde, já que a comida era de um tipo bem adulto. Uma taça minúscula de hidromel foi dada a cada um deles, e a Rainha disse para irem devagar com a bebida. (As crianças Snergs, a propósito, conseguem beber um quartilho imperial e ainda assim se comportar. O costume é tudo.) Era extraordinário para os dois serem tratados com tanta pompa e circunstância, e eles sentiam que teriam algumas coisas gloriosas para serem contadas às outras crianças quando chegassem em casa. Porém, ocorreu um infeliz incidente que ajudou a reduzir qualquer tendência de pavoneamento. Eles tinham ouvido antes que os Snergs consideravam de extremo mau gosto alimentar cães quando se estava à mesa — cada raça possui suas próprias ideias peculiares sobre comportamento —, mas quando dois cachorros amigáveis, parecidos com retrievers, aproximaram-se de Sylvia, um de cada lado, e observaram cada abocanhada que ela dava, a menina ficou muito tentada a lhes dar um pouquinho, principalmente porque as bocas dos cães salivavam tanto que ela podia até ouvir as gotas pingando. Quando um dos animais começou um gemido suave ela não pôde mais aguentar, e ao perceber que o Rei e a Rainha estavam olhando para o outro lado, Sylvia colocou um pedaço de carne na boca do cão. Ele abocanhou o pedaço enquanto batia o rabo de um lado para o outro no chão; o outro cachorro se ergueu imediatamente e colocou duas patas no colo da menina, olhando para ela fixamente. Num instante todas as conversas cessaram e todos olharam para Sylvia.

Foi um momento horrível e ela ficou vermelha. Mas o Rei veio em seu auxílio com genuína cortesia. Ele cortou um pedaço de lombo de cordeiro e o lançou ao seu cão de caça favorito e salvou-se a situação. (O Príncipe de Gales, creio, certa vez tomou um belo gole direto do seu lava-dedos para deixar um convidado sem refinamento à vontade.) Contudo, depois disso foi necessário retirar todos os cães do local, já que eles começaram a se reunir, cheios de esperança.

Houve boa música tocada com harpas e o bobo fez algumas charadas espertas, sendo que uma delas era nova. Um jovem Snerg, que tinha uma voz de tenor muito boa, cantou "Dá-me teu ouro, nada mais peço", de forma bem comovente. Porém, o momento mais encantador (ainda que levemente embaraçoso) talvez tenha sido quando, a determinado sinal, todos se levantaram e beberam uma taça de hidromel em brinde aos "Nossos Convidados".

O sol poente lançou seus raios pela esquina da rua; o cenário agora era banhado por uma luz suave e sombras. Snergs começaram a se recostar uns nos outros e a pegar os quebra-nozes preguiçosamente. Da extremidade da mesa, a 139 metros de distância, vieram gritos inconvenientes de alegria: Gorbo, aquele asno, apostara que ficaria de cabeça para baixo sobre uma pirâmide de jarras de hidromel, e o estrondo da queda foi terrível. O Rei mandou uma advertência para que aquilo não se repetisse. A súbita descoberta de que Joe e Sylvia dormiam profundamente em suas cadeiras não causou nenhuma interrupção no curso do banquete. Eles foram carregados para a Casa Real por velhas Snergs maternais e colocados na cama, e as comemorações e divertimentos seguiram adiante.

19. UMA CAMINHADA MATUTINA

Será que os leitores a essa altura acharão que a prometida lição de moral está demorando para aparecer? É provável. Registrei até aqui um resultado relativamente glorioso do comportamento rebelde das duas crianças. Elas chegaram em segurança, após uma jornada que, apesar de cansativa, foi bem interessante, e foram recebidas e alimentadas como potentados estrangeiros e, nas suas simples cabecinhas, parecia que tudo que tinham que fazer agora era ir confortavelmente para casa e se vangloriarem do ocorrido. Mas continuem lendo; a lição de moral está chegando.

Era um dos antigos e peculiares costumes dos Snergs levantar uma ou duas horas mais tarde no dia seguinte a um banquete. Logo, quando Joe e Sylvia despertaram revigorados e animados, e sem nem um pouco do sentimento de culpa apropriado a crianças que fugiram atrevidamente de uma governança sábia e bondosa, encontraram o lugar num silêncio profundo, os únicos sons vinham das andorinhas lá fora e do quarto ao lado (o aposento real), dois tipos diferentes de ronco.

Eles desceram as escadas devagar e encontraram uma velha Snerg peneirando cinzas do lado de fora da cozinha, e perguntaram se ela poderia, por favor, lhes dizer quando o café da manhã ficaria pronto. A mulher disse que ainda demoraria bastante, mas que poderia pegar algo para ajudá-los na espera, e ela os levou para a cozinha e serviu um pedaço de bolo aquecido para cada um, parecido com uma torrada, só que mais macio, e um pouco de leite. Falaram sobre baleias, assunto que muito a interessou, pois jamais vira o oceano; poucas mulheres Snergs viajavam.

As crianças foram caminhar pela rua deserta e de repente, no pátio calçado onde fica a bomba-d'água, viram Gorbo. Ele havia acabado de molhar a cabeça e a estava enxugando com uma toalhinha áspera. Cumprimentaram-se alegremente e sentaram-se em três baldes que por acaso estavam por ali e conversaram sobre as novidades enquanto Gorbo penteava o cabelo desgrenhado com um pedaço de pente que tinha.

As novidades eram as seguintes: um mensageiro Snerg chegara correndo na noite anterior a mando da Srta. Watkyns, dizendo que as crianças haviam desaparecido e pedindo ao Rei que colocasse de imediato homens no encalço delas, levando algo para comerem e uma garrafa de leite, por precaução. Enquanto isso, os homens de Vanderdecken estavam percorrendo a costa, procurando em cavernas e em outros lugares para ver se conseguiam encontrar os dois, e perscrutando o horizonte em busca de algo novo, como uma balsa com a bandeira preta desfraldada — pois acreditavam que quase tudo era possível vindo de Joe. Aparentemente havia muita confusão e comoção com o fato na Baía Watkyns e as duas crianças estavam muito orgulhosas de serem a causa disso tudo. Tinham que ficar: elas eram bem desse tipo.

É claro que, como os mensageiros ligeiros despachados pelo Rei já deviam ter chegado e acalmado a Srta. Watkyns, não havia mais razão para se dar ao trabalho de organizar qualquer busca, e foi decidido que Joe e Sylvia partiriam em algum momento após o café da manhã em cima de dois ursos domesticados, com uma escolta de seis Snergs que carregariam quatro cobertores pequenos, dois travesseiros, uma chaleira, uma frigideira e alguns mantimentos; tudo isso, obviamente, porque teriam que passar a noite na floresta. Joe ficou um tanto chateado com o fato de as aventuras estarem chegando ao fim, mas Sylvia estava satisfeita. Ela tivera uma boa dose de diversão com a viagem e achava que seria bom voltar e ser perdoada e paparicada no devido tempo e contar a todas as outras crianças que momentos excitantes eles tiveram.

Os dois saíram para uma caminhada com Gorbo por alguns campos, com Tigre saindo em disparada à frente, pois o longo descanso que o cachorrinho tivera fizera bem às patas machucadas e ele estava se sentindo renovado e com a corda toda. Gorbo mostrou várias coisas interessantes, como o moinho que pertencia ao seu meio-irmão e a encosta da colina onde o último dragão havia sido morto, há muito tempo atrás, quando ele era pequenininho. Lembrava-se muito bem de alguns homens voltando correndo e gritando "Mais flechas! Mais flechas!" quando tinham conseguido deixar o dragão gravemente ferido e incapaz de voar e como eles tinham saído de novo às pressas com um novo suprimento de flechas e como todos as atiraram no dragão até ele parecer uma almofada de alfinetes e poderem se aproximar o suficiente para espetá-lo com lanças e dar cabo da criatura. Mais de cem Snergs perderam a vida naquela ocasião. Gorbo era jovem demais para se lembrar das lutas ferozes que ocorreram quando um bando errante de Kelps (possivelmente uma corruptela de *kelpies*) apareceu na região, colocando fogo nas matas, roubando e matando, mas ele levou as crianças até um morro e lhes mostrou a linha escura que atravessava as árvores a cerca de uma milha dali e que marcava o rio profundo e indicou onde ficava mais ou menos o local em que a última batalha fora travada. Os Kelps resistiram em um rochedo elevado, mas os Snergs mantiveram-se firmes contra as criaturas e as perfuraram com chuvas de flechas e as fizeram em pedacinhos com espadas e lançaram o resto no rio. E isso, como Gorbo disse, foi tudo.

A parte mais interessante da floresta, disse o Snerg, era a região das árvores retorcidas, que ficavam a pouca distância da cidade. Não era saudável se embrenhar entre aquelas árvores, mas, se quisessem, ele mostraria algumas na borda, já que o café da manhã não ficaria pronto por pelo menos mais uma hora. As crianças ficaram encantadas com a possibilidade de ver esses estranhos objetos naturais, então lá se foram eles para a floresta.

20. As Árvores Retorcidas

Não levou muito tempo para chegarem ao local onde as primeiras árvores retorcidas cresciam. Eram coisas maravilhosas, com troncos cinzentos grossos e lisos e galhos lisos do mesmo cinza que tocavam o solo aqui e ali como grandes serpentes silenciosas. Só cresciam folhas nas partes mais altas, mas eram grossas e emaranhadas como um telhado de colmo, e a área debaixo delas ficava escura e de arrepiar. Gorbo levou os dois até o lugar em que havia espécimes mais numerosos e de qualidade muito superior dessa flora maravilhosa, e Joe e Sylvia estavam orgulhosos de que eles, de todas as crianças, estavam tendo a oportunidade de ver essas árvores.

Gorbo disse que era hora de voltarem, deu meia-volta e foi na frente. De repente, parou e olhou ao redor, debaixo dos galhos cinzentos e contorcidos e por cima deles; então se voltou para outra direção. Deteve-se novamente e dessa vez abriu um sorriso particularmente abobado.

"É melhor eu ter cuidado, ou vamos nos perder", disse ele.

Mais uma vez o Snerg seguiu em frente e as crianças o seguiram, esperançosas de que ele encontrasse logo o caminho para fora dali, uma vez que o café da manhã era algo que tinham pressa em tomar. Mas estava escurecendo; o céu agora estava oculto por uma cobertura de folhas emaranhadas e por todos os lados e acima deles os galhos grossos e lisos se retorciam e se cruzavam e se prendiam uns nos outros. O ar estava úmido e cheirava a humo e musgo velho e o silêncio era horrendo. Um grande morcego de pele curtida passou voando por eles, quase roçando no cabelo de Sylvia, que se abaixou e deu um gritinho.

Gorbo acabou subindo, por fim, em uma das maiores árvores e, depois de muito esforço, conseguiu abrir caminho e passar pelas folhas, perturbando vários morcegos que surgiram aos borbotões. Joe teve que proteger a cabeça de Sylvia com os braços e escondê-la o melhor possível até que as horríveis criaturas tivessem ido se instalar em outro lugar. Um ou dois minutos depois, Gorbo desceu escorregando pela árvore.

"Está tudo bem", disse. "Não consegui ver muita coisa além de folhas, mas vi o sol e agora sei para que lado ir. O sol está logo...", aqui ele parou, pensou e coçou a cabeça. "Sim, eu acho que ele está para aquele lado. É que fiquei meio perdido ao descer da árvore."

As crianças o seguiram de novo, passando por cima e por baixo de galhos. Gorbo parou depois de um tempo e pensou novamente, e então começou a subir e se arrastar em outra direção — agora eram só escaladas e arrastadas. O Snerg então parou e olhou apavorado para as crianças. Os horrendos troncos cinzentos e retorcidos os cercavam por todos os lados como uma teia medonha e gigantesca, numa escuridão tão profunda que suas formas ficavam indistintas a uns dez metros de distância. Gorbo, o esperto, o mateiro, conseguira. Eles estavam perdidos.

AS ÁRVORES RETORCIDAS

O Snerg demorou a olhar para as crianças; a visão do rosto assustado de Sylvia ao sair de baixo de um dos galhos cinzentos fez com que ele voltasse a si.

"Está tudo bem, Sylvia", disse Gorbo. "Eles vão descobrir que sumimos e aqui é o primeiro lugar em que vão nos procurar. Veja bem, eles vão começar a gritar e berrar, então nós vamos começar a gritar e berrar e vamos seguir na direção dos gritos deles. É bem simples. Mas o Rei não vai ficar nem um pouco feliz comigo! Nada de Noz-moscada de Latão para o pobre e velho Gorbo. Há um pouquinho mais de espaço por ali; vamos ver se conseguimos encontrar um lugar confortável para sentar."

Lá se foram eles e com certeza havia um pouquinho de espaço adiante, que era mais aberto por crescer ali uma árvore enorme que tinha empurrado para longe todas as árvores menores, por assim dizer. O local era bastante sombrio, mas pelo menos podiam ficar de pé sem se curvarem e esticar as pernas, caso tivessem vontade.

"Olhe!", exclamaram de repente Sylvia e Joe, ao mesmo tempo.

Gorbo se virou e olhou. Havia uma porta de um metro e vinte de altura na árvore grande, uma porta de aparência estranha com dobradiças e fechos de ferro, todos vermelhos de ferrugem ou verdes de musgo. Na sombra profunda e a certa distância era difícil distingui-la do tronco.

Gorbo coçou a cabeça e continuou a observar. "Nunca ouvi falar de porta alguma", disse, por fim. "Os Kelps jamais construíram porta alguma. Não eram muito inteligentes. Eram só mordidas e gritos e matança, pelo que ouvi. E a porta é pequena demais para Golithos."

"Quem é Golithos?", perguntou Joe de pronto.

"Golithos é um ogro", respondeu Gorbo, honestamente, mas como o tolo que era. Sylvia deu um grito e se agarrou em Joe.

"Está tudo bem, Sylvia", disse Gorbo depressa. "Ele era um ogro, mas agora não é. Ele está reformado. Além disso, faz muito tempo que ele vive do outro lado do rio. Não fique assustada."

O Snerg caminhou até a porta e deu uma boa puxada em uma grande maçaneta de ferro. A porta se abriu com facilidade. Gorbo enfiou a cabeça para dentro.

"Bem escuro e cheira a queijo", disse ele depois de um momento.

Ele entrou e avançou um pouco. "Não, não está tão escuro; há uma luz vindo de algum lugar. Há alguns degraus que levam para baixo. Venham dar uma olhada."

Joe pegou Tigre no colo e, segurando a mão de Sylvia, atravessou a porta com a menina.

"Viram", disse Gorbo, "ali estão os degraus. Descemos para ver o que pudermos ver?"

"Sim", disse Joe, ansioso.

"N-n-não", disse Sylvia ao mesmo tempo. "Não estou gostando disso."

"De qualquer forma", continuou Gorbo, "vamos nos certificar de que a porta não se feche atrás de nós. Vou deixá-la escancarada e..."

Ele não terminou o que ia dizer, pois a porta havia se fechado suavemente. Gorbo se jogou com tudo contra a porta, porém, por mais forte que fosse, conseguiu movê-la tanto quanto se fosse uma parede de pedra.

Gorbo, aquele palerma, realmente havia se superado dessa vez.

PARTE II

21. PROBLEMAS NA BAÍA WATKYNS

Aguda foi a aflição e profunda a perplexidade da Srta. Watkyns e de todas as senhoras quando chegaram notícias por meio de outros mensageiros velozes de que Sylvia e Joe haviam desaparecido novamente, e dessa vez de uma maneira inexplicável. Pouco tempo depois, o Rei Merse II em pessoa foi até a Baía Watkyns e explicou como grupos de Snergs responsáveis foram enviados para procurarem em todos os lugares e especialmente na região das árvores retorcidas, levando consigo um saquinho de cal para marcar o caminho, e como gritaram e berraram até ficarem roucos, mas em vão, visto que não receberam resposta alguma de lugar nenhum, e os Snergs voltaram para casa com gargantas e corações feridos. O Rei tentou animar as senhoras dizendo que as crianças com certeza seriam encontradas no devido tempo, mas não disse nada sobre seu verdadeiro temor, que era de que as crianças acabassem de alguma forma caindo em alguma das armadilhas mágicas que, segundo a tradição, abundavam entre as árvores retorcidas. Ele citou antigos ditados para consolá-las, como não colocar o carro na frente dos bois e que a curiosidade matou o gato, quando na verdade não havia nada de errado com o animal. Acrescentou que, como a Providência cuidava dos tolos, havia razão para grandes esperanças, uma vez que Gorbo era o maior dos tolos mesmo entre os Snergs, os quais, apesar de possuírem muitas qualidades boas, não são famosos por seu brilhantismo.

Esses esforços bondosos surtiram algum efeito na restauração da confiança, e as senhoras foram capazes de discutir a situação com comparativa calma. A Srta. Gribblestone a princípio imaginou se, por uma infeliz combinação de acasos, as crianças não teriam retornado às suas vidas de outrora, e ela deu uma descrição patética de Sylvia e Joe vagando pelas ruas de Londres, com as pernas de fora e só com chinelos nos pés e possivelmente passando fome, e sugeriu a prudência de sua partida imediata para Londres com uma trouxa de roupas de baixo quentes e dois casacos de lã. A Srta. Watkyns a repreendeu com certa severidade, salientando a impossibilidade de tal coisa: deixando de lado outras cinquenta razões, a lua estava apenas no quarto crescente e as correntes de ar estariam opostas, e só isso já tornava a sugestão absurda. A Srta. Scadging aventou a teoria ainda mais extraordinária de que as crianças teriam sofrido tamanha angústia mental pela repreensão e punição recebidas que elas teriam fugido e morrido de corações partidos, e diante disso a Srta. Watkyns lhe implorou que considerasse a extravagância de tal sugestão aplicada a Sylvia ou Joe e que se concentrasse em uma solução mais prática para o problema.

Quando o resto das crianças ouviu as notícias, elas ficaram um pouco boquiabertas, mas não por demais agoniadas, pois o que conheciam de Joe e Sylvia fazia com que acreditassem que os dois eram capazes de saírem ilesos de qualquer encrenca, e a opinião geral era de que eles estavam experimentando em algum lugar uma continuação de suas surpreendentes e interessantes aventuras e que retornariam no devido tempo, cheios de glória e levemente convencidos. Pobrezinhas, pouco sabem do duro mundo real; haviam esquecido o que lhes acontecera no passado; como foi dito, o ar do lugar era ótimo para se esquecer das coisas.

Em seguida, o Rei foi ver Vanderdecken e teve uma longa reunião com ele, voltando depois a cruzar a floresta com o seu séquito. Havia comunicado a Srta. Watkyns de que ele e um grupo de escolhidos partiriam no dia seguinte em uma expedição, mas no momento preferiu não dizer para onde, a fim de evitar alimentar tanto medo quanto esperança. Ao chegar à cidade, o Rei fez um breve discurso e então supervisionou pessoalmente os preparativos. Espadas e machados foram afiados, aljavas enchidas com flechas, elmos de aço foram desamassados, couraças tiveram

as fivelas arrumadas e mantimentos foram guardados em pequenas sacolas. Havia cheiro de guerra no ar, como nos bravos dias de antigamente.

A Srta. Watkyns, andando de um lado para o outro na sua varanda com o cenho franzido, foi interrompida pelo som de gritos e imprecações. Ao erguer o olhar, irritada, viu Vanderdecken e todos os seus homens vindo pelo caminho, o marinheiro mais à frente carregando a gaiola do papagaio — o que explicava o barulho, pois a ave estava furiosa. Todos calçavam suas botas de cano alto e carregavam mosquetes, polvorinhos, cartucheiras com balas, cutelos e facões; cada homem também levava uma bolsa com carne em conserva, biscoitos, um pedaço de tabaco e uma garrafinha de aguardente. Vanderdecken disse que estavam partindo por um período indefinido e perguntou a Srta. Watkyns se ela poderia por gentileza dar uma olhada no acampamento na ausência deles e cuidar para que as coisas fossem arejadas ocasionalmente e que as ervas daninhas fossem arrancadas do jardim. Além disso, se não fosse muito incômodo, que se certificasse de que os Snergs fizessem pelo menos meia hora de bombeamento do velho navio todas as manhãs e fins de tarde. Ele então entregou o papagaio com um pedido para que fosse alimentado com nozes e frutas e que se colocasse um pouco de enxofre na água da ave para evitar que ela ficasse com as patas escamosas e implorou a Srta. Watkyns para que perdoasse quaisquer lapsos verbais do papagaio. Ela concordou de bom grado com esses pedidos e os holandeses atravessaram a floresta e juntaram-se ao Rei Merse e seus homens na manhã seguinte. Uma hora depois estavam todos marchando em conjunto sobre as colinas além da cidade.

22. Do Outro Lado da Porta

Enquanto Gorbo se jogava contra a pequena porta pesada, que se fechara tão suave e firmemente como se tivesse sido empurrada pelo lado de fora, Sylvia agarrou-se em Joe, escondeu o rosto e começou a tremer. Joe a abraçava forte sem falar; ele também, por mais forte e aventureiro que fosse, tinha recebido um choque.

Gorbo, por fim, acabou se virando para eles, e à luz tênue que vinha de algum lugar abaixo as crianças puderam ver uma expressão de muito medo no rosto do Snerg, que estava tão distorcido que parecia que iria chorar. Ele estava pensando na terrível confusão em que metera Joe e Sylvia.

"Eu realmente me superei desta vez", disse Gorbo. "A velha então estava certa, no fim das contas."

"Que velha?", perguntou Joe.

"Uma velha que disse à minha mãe que ela teria apenas um filho e que ele seria o maior dos tolos entre os Snergs."

"Então a culpa não é sua", disse Joe para consolá-lo. "Se já estava tudo determinado antes de você nascer."

"É verdade!", exclamou Gorbo. "Devo ser um tolo por não pensar nisso antes. Porém, se eu tivesse pensado nisso", continuou ele pesaroso, "eu não seria um tolo e a velha estaria errada; então acaba dando na mesma."

"Mas você às vezes é bastante sensato", disse Joe. "Não é, Sylvia?"

"S-s-sim", concordou Sylvia. "Mas gostaria que saíssemos daqui."

"O que me parece, e não que eu seja alguém a quem se deva dar muitos ouvidos, é que deveríamos ver o que conseguimos descendo esses degraus."

"Bem, não podemos ficar aqui para sempre", disse Joe, "então vamos."

"Eu vou na frente", disse Gorbo. "Se houver alguma coisa feroz lá embaixo que morda, ela pode me morder primeiro e será bem feito para mim."

Depois dessa observação animadora, ele começou a descer os degraus. Joe foi o próximo e Sylvia ia logo atrás. O caminho era muito estreito e tão baixo que suas cabeças quase tocavam o teto, pequenos como eram. E desceram e desceram e desceram ainda mais, e quanto mais desciam, mais ia clareando, com uma luz pálida verde-amarelada que parecia vir de uma pequena vegetação nas paredes, que lembrava algum fungo. Não havia nada para se ver além de degraus e paredes, entalhados com muito esmero na rocha sólida. Devia ter dado um trabalho tremendo para os que esculpiram tudo aquilo, quem quer que fossem.

"Você acha que esses degraus continuam eternamente?", perguntou Joe depois de algum tempo.

"Não", respondeu Gorbo, parando de repente. "Eles chegaram ao fim." O Snerg se encontrava em um pequeno espaço plano, do qual cinco passagens estreitas se ramificavam como os dedos de uma mão. A questão sobre qual passagem tomar era bem difícil.

"É melhor começarmos com a primeira", sugeriu Gorbo. "Então, se for uma errada, tentaremos a próxima e assim por diante."

"Mas suponha que andemos por milhas e mais milhas antes de descobrirmos que é a passagem errada", objetou Joe. "Já estaríamos nela há horas, não?"

Gorbo coçou a cabeça. "Isso me parece razoável", disse ele.

"Já sei!", gritou Joe. "Vamos ver qual é a escolhida. Deixe Sylvia tentar. Ela conhece todos os versos de contar."

"Está bem." Sylvia agora ficara bastante interessada no problema. "Com qual devo tentar?"

"Tente a do gato", sugeriu Joe depois de pensar bem.

Sylvia então apontou o dedo para os pequenos túneis, passando de um para o outro enquanto falava:

"Para um gato afagar
No tapete o vou deitar.
Firme o rabo segurar
E o miado ignorar.
Se em mim o gato avançar
Pela porta o vou jogar."

Ela parou com o dedo apontado para o quarto túnel e olhou animada para os outros, pois aquilo estava começando a parecer um jogo.

"Aqui vamos nós", disse Gorbo, entrando no quarto túnel.

Seguiram andando por muito tempo pelo túnel e, no exato momento em que concordaram que ele nunca teria um fim, deram de cara com uma parede. Porém, de cada lado havia uma passagem que prosseguia em ângulo reto e a questão, obviamente, era qual seria o caminho certo a se tomar.

Sylvia repetiu sua rima mística e "jogar" acabou sendo a curva da esquerda, e por lá se foram eles. Após doze passos, o caminho virava para a direita e, um pouco mais à frente, para a esquerda; o túnel então seguia reto adiante até chegar ao final, com uma parede lisa à frente e dos dois lados. Não havia nada a se fazer além de voltar e pegar a outra curva. Eles se perguntaram por que as pessoas que construíram tudo aquilo haviam criado aquela passagem extra sem saída. Joe disse que tinham feito isso para deixar as coisas mais interessantes e aventureiras. Sylvia disse que tinham feito porque eram uns patifes. Gorbo disse que era simplesmente porque eram ainda mais tolos do que ele, o que o deixou bastante animado.

O outro caminho logo começou a ir aos poucos para a esquerda; então, sem qualquer rima ou razão, foi aos poucos para a direita; e depois foi alternando da direita para a esquerda em curvas bem fechadas. E justamente quando os três se convenceram de que o túnel continuaria a fazer curvas feito idiota por toda a eternidade, chegaram de repente no que parecia ser uma imensa caverna, iluminada pela mesma luz verde-amarelada dos túneis, só que com maior intensidade, e repleta de cogumelos monstruosos.

23. A Caverna dos Cogumelos

Quando digo que os cogumelos eram monstruosos, isso mal dá a ideia correta do tamanho que possuíam. Os três conseguiam ficar de pé debaixo dos cogumelos razoavelmente pequenos, e os grandes eram tão altos quanto um chalé e quase chegavam ao teto da caverna. O chão era duro, seco e perfeitamente plano, e os talos enormes dos cogumelos podiam ser vistos como uma floresta de pinos de boliche gigantes, perdendo-se ao longe em todas as direções. No topo dos talos, a parte de baixo rosada das coberturas daqueles espécimes estranhos lembrava um amontoado de gigantescos guarda-chuvas abertos. Essas coberturas eram obviamente as responsáveis pelo cheiro de queijo que Gorbo sentira quando enfiou a cabeça pela pequena porta e deu uma fungada (o cheiro não era exatamente como o de queijo, é claro, mas se aproximava o suficiente disso).

Gorbo se mostrou um homem de recursos, de certa forma. Disse que, no final das contas, cogumelos eram cogumelos e uma boa comida de café da manhã, e que eles poderiam ao menos fazer uma refeição, independente do que acontecesse mais tarde. Sylvia ficou tremendamente animada ao ouvir isso e ajudou a recolher do chão alguns talos secos, e Gorbo tirou sua pederneira e um pedaço de ferro da trouxa — ele raramente ia a qualquer lugar sem sua trouxinha de ferramentas e outros itens, nem sem arco e flechas — e logo acendeu uma fogueira (para os que podem vir a protestar dizendo que talos de cogumelos não queimam, só tenho a dizer que esses talos queimavam). Com a ajuda de sua espátula útil, Gorbo providenciou uma série apetitosa de talos de cogumelos, que todos muito apreciaram.

Perceberam que talos menores no geral tinham um sabor melhor, e foi quando procuravam por alguns talinhos, que mal chegavam à altura de uma mesa, a fim de cozinhar mais alguns, que todos levaram um susto. Eles descobriram que em certos cogumelos faltavam grandes pedaços semicirculares, arrancados a mordidas; a boca que fizera isso devia ter trinta centímetros de largura, com dentes descomunais. Uma descoberta bastante perturbadora, convenhamos. Os três olharam ao redor temerosos; e então ouviram o que pareciam passos pesados e arrastados e o ronronar satisfeito de um gato gigante.

Gorbo colocou depressa as crianças atrás de si e ajeitou uma flecha no arco (os arcos Snergs costumam ser pequenos, mas conseguem fazer uma flecha atravessar uma tábua de cinco centímetros de espessura à queima-roupa). E então, para o horror deles, apareceu um animal que só

consigo descrever como semelhante a uma morsa de cor clara de quatro patas e que caminhava de pé. O animal era coberto por um pelo lustroso arruivado e tinha olhos saltados,
uma boca que correspondia rigorosamente à imagem que tinham formado com base nas grandes mordidas e um bigode branco e volumoso. É estranho dizer, mas era um marsupial — ou seja, possuía uma bolsa —, mas não havia filhotes botando a cabeça para fora da bolsa como no caso de cangurus e outros marsupiais. Não, a bolsa estava repleta de pedaços grandes de cogumelos e o animal estava andando de pé porque obviamente era a única maneira de carregá-los ali dentro. Caminhou desengonçado até um dos maiores cogumelos, cheirou-o, ronronou terrivelmente de satisfação, arrancou um pedaço grande com uma mordida e inclinou a cabeça com cuidado para colocá-lo dentro da bolsa. E então Sylvia deu um grito alto.

Não a culpo; talvez eu mesmo tivesse gritado se estivesse lá. O efeito, no entanto, foi maravilhoso. O animal virou a cabeça num átimo e olhou para eles, com as patas dianteiras erguidas como se estivesse com medo e perplexo. O queixo caiu, deixando a grande boca com um aspecto frágil; pedacinhos de cogumelo caíam pelos cantos. E então, com um som que parecia um rugido soluçante, o animal se virou e saiu correndo nas quatro patas, espalhando pedaços de cogumelos que caíam da bolsa enquanto fugia.

Os sons de passos apressados e soluços desapareceram à distância e o silêncio tornou a reinar. Gorbo guardou a flecha na aljava. "Lá vai um covarde molengão", observou o Snerg, usando uma expressão que tinha ouvido das crianças. Voltaram para a fogueira e tomaram um pouco mais de café da manhã, muitíssimo aliviados por descobrirem que os habitantes dessa paragem estranha, até onde podiam julgar por esse exemplo, não eram tão ferozes.

Joe aparentemente era o esperto: ele descobriu que havia uma espécie de caminho que seguia de forma mais ou menos reta através da floresta de fungos monstruosos e sugeriu que seria prudente irem por ali. Eles foram, caminhando muito até se cansarem da visão dos grossos talos brancos e ainda por um bom tempo depois. Não é estranho que a Natureza aqui fosse tão abundante no tocante aos cogumelos, enquanto na Inglaterra eles são tão raros que homens diligentes são forçados por suas esposas a se levantarem da cama antes de terem o merecido sono a fim de colher alguns espécimes mirrados?

O caminho chegou ao fim numa face plana de rocha. Haviam atingido o outro lado da caverna. Sylvia repetiu o poema e "jogar" era à esquerda, então para esquerda foram eles. Dessa vez foram recompensados pouco depois com o estranho surgimento de um banco de pedra e, à frente dele, uma mesa de pedra, ambos meticulosamente entalhados.

O que essas coisas faziam ali? Que raça estranha e esquecida se dera ao trabalho de esculpir um banco e uma mesa de pedra direto da rocha dura — e não apenas esculpi-los, mas também entalhar algumas figuras estranhas neles e aplainar as pernas? Os três observaram os entalhes atentamente; pelo que podiam julgar, as imagens pretendiam representar coelhos andando de pé. Por quê?

"Isso me anima", disse Gorbo. "Não posso ser o maior dos tolos. Quando penso que pessoas se deram ao trabalho de criar essa mesa e esse banco difíceis e entalhar coelhos neles com o — aparentemente — único propósito de comerem cogumelos nessa caverna abismal, sinto que há esperança para mim."

"Mas nós não achamos que você seja um tolo, Gorbo", disse Sylvia para tranquilizá-lo.

"Não, Sylvia", respondeu Gorbo com um suspiro. "Mas vocês não me viram na minha melhor forma."

"Mas deve haver alguma saída perto daqui!", exclamou Joe. "Obviamente colocariam essa mesa perto da entrada, não?"

"Tem razão, Joe", disse Gorbo. "A não ser que as pessoas que a criaram fossem muito piores do que eu."

Joe estava certo; perto dali encontraram um túnel. Era tão estreito e liso quanto o túnel pelo qual passaram do outro lado, mas com uma diferença: este túnel ia para cima, com uma leve inclinação. Eles subiram pela passagem até ficarem cheios da monotonia, e por fim tiveram que se sentar, pois Sylvia estava ficando muito cansada.

Quando continuaram a caminhada, Gorbo pegou Sylvia nos braços e a carregou. "Esse túnel maldito está assim há umas cinco milhas", disse ele, enquanto caminhava com a menina. Depois de uns vinte passos, ele a colocou de novo no chão.

"Somos sempre ludibriados", observou o Snerg com amargura. Haviam chegado a um lugar pequeno e plano, como uma sala. Duas passagens levavam para fora dali e havia um banco de pedra de cada lado, bem-acabado e com o que parecia ser um porco entalhado nele.

"Porcos, vejam só", observou Gorbo. "Mas acho que eles não puderam evitar."

Mais uma vez Sylvia repetiu o poema e eles tomaram a passagem da direita. O caminho serpenteou com curvas fechadas por uma longa distância e então chegou a um fim abrupto, mas dessa vez, para grande alegria dos três, ele terminava em uma pequena porta de ferro enferrujada, como a que infelizmente tinham encontrado sob as árvores retorcidas. Eles gritaram de felicidade, pois certamente sua longa e estranha jornada estava terminada — isto é, a parte subterrânea dela.

Gorbo empurrou a porta, mas ela não se moveu. Ele então empurrou com mais afinco. E então colocou o ombro na porta e a empurrou com toda força. E ainda assim a porta continuou completamente fechada.

"Vou conseguir!", gritou o Snerg. "Felizmente há bastante espaço para correr." Dito isso, ele correu e se jogou na porta com um grande estrondo. E foi o mesmo que se jogar contra a Abadia de Westminster. Gorbo se sentou e lançou um olhar triste para as crianças e elas lhe retribuíram com outro olhar triste.

A CAVERNA DOS COGUMELOS

Parecia não haver nada a se fazer além de tentar a sorte com a passagem da esquerda. De modo que fizeram o caminho de volta e seguiram pela outra passagem em meio a curvas e volteios tortuosos até chegarem a uma pequena câmara vazia, em cujas paredes estavam entalhados o que sem dúvida pareciam ser bodes. Não havia absolutamente mais nada para se ver.

"Bodes dessa vez", disse Gorbo com acidez. "Ora, ora, ora! Sim, está claro para mim que não sou o pior."

Sentaram-se no chão e tiveram pensamentos melancólicos, pois a aventura estava começando a adquirir um aspecto muito sombrio. Sylvia abraçou o cachorrinho com força, sentindo-se muito infeliz. Gorbo então se levantou e disse que ia tentar a porta mais uma vez, ainda que quebrasse as costas.

Ele examinou atentamente toda a superfície da porta. Gorbo conseguia ver, na pálida luz verde, dobradiças e placas enormes; sem dúvida era um tipo de porta muito sólido para o seu tamanho. Ele se curvou e colocou o olho numa fenda minúscula em um dos lados.

"Estou vendo a luz do dia!", gritou animado. "Nós temos que sair! Apenas me observem desta vez."

O Snerg tomou uma longa distância e se atirou contra a porta com um estrépito terrível. E então se atirou de novo. Depois disso, atirou-se mais uma vez. É preciso uma boa dose de trombadas para machucar um Snerg, mas Sylvia temia que ele exagerasse.

"Não, Gorbo!", gritou a menina. "Você vai se machucar feio."

"Eu mereço", disse Gorbo. "Sim, eu sou o pior." Ele se sentou e enfiou a cara nas mãos.

"Talvez se...", começou a dizer Sylvia. Então parou e pensou.

"Talvez o quê?", perguntou Joe.

"Apenas uma ideia que tive. Talvez... sim, vou tentar."

Ela se levantou, foi até a porta e agarrou um pedaço saliente de ferro trabalhado. Então empurrou o melhor que pôde com seus pequenos dedos.

A porta se abriu suave e facilmente para dentro, e o lugar foi inundado pela luz do dia.

Gorbo ergueu o olhar e então bateu na cabeça com o punho cerrado.

"Deixe para lá", disse Sylvia. "Tadinho do Gorbo!"

24. O OUTRO LADO DO RIO

A primeira olhada que Gorbo deu ao sair para a morna luz do sol lhe mostrou que eles agora estavam (como o leitor já terá adivinhado pelo título deste capítulo) do outro lado do rio.

Essa foi uma novidade mais séria para ele do que para Sylvia ou Joe. Para as crianças significava a luz do dia, libertação da escuridão subterrânea; possivelmente o prelúdio para novas aventuras (e era mesmo). Para Gorbo significava problemas, perigo e o medo de coisas desconhecidas. O rio grande e profundo, que corria entre penhascos escarpados, era uma barreira que mantinha os Snergs a salvo de uma terra assolada por horrores, uma terra de lendas perturbadoras sobre dragões e outros monstros ferozes, sobre Kelps e gigantes e sobre um rei cruel que oprimia o seu povo. Não é de espantar que Gorbo olhasse com tristeza para a floresta verde do outro lado e desejasse — principalmente pelo bem das crianças — que fosse menos tapado.

"Não é muito bonito deste lado", disse Sylvia, olhando ao redor para uma paisagem sem brilho, coberta aqui e ali por pedaços de relva áspera e moitas de espinheiros. "Mas é bom sair daquele lugar escuro."

"É mesmo, não?", concordou Joe, satisfeito. Na idade dele, o momento atual dura por um bom tempo. "Estou contente por termos chegado aqui. Talvez agora tenhamos algumas aventuras de verdade."

"Acho que teremos", disse Gorbo.

Seguiram por uma pequena trilha e, chegando ao topo de uma elevação, viram adiante uma torre cinzenta e redonda a cerca de meia milha dali. Era cercada por uma alta muralha externa e parecia muito isolada e assustadora. Gorbo olhou fixamente a construção por um longo tempo.

"Sim", disse ele, por fim, "aquela é a torre do velho Golithos. Posso vê-lo do lado de fora, fazendo alguma coisa na muralha. Reconheci-o pelas suíças."

"Então é melhor darmos no pé", disse Joe com lógica. "Venha, Sylvia!"

"Não, não deem no pé", disse Gorbo. "É seguro o suficiente. Golithos agora é bastante inofensivo, pois está reformado. É melhor irmos até lá para ver se ele pode nos dizer como voltar. Não se assuste, Sylvia. Ouvi dizer que agora ele é bem bondoso. Na verdade, dizem que ele está exagerando."

Embora não estivessem exatamente à vontade (que criança ficaria, ao pensar em visitar um ogro?), os dois ficaram impressionados com a confiança de Gorbo, e seguiram de mãos dadas até a torre, com Joe carregando o cachorrinho.

25. Golithos, o Ogro

Um homem enorme, de mais de dois metros e dez de altura, estava trabalhando com um monte de argamassa e algumas pedras grandes, consertando uma parte solta da muralha. Ao se aproximarem, ele se virou e os avistou; bateu então as mãos para limpar a argamassa e as passou no cabelo e ficou aguardando os três e o cachorrinho com um sorriso amigável, porém aguado. O homem tinha um rosto grande e simplório, um cabelo grosso e suíças como pedaços de um tapete barato de couro de bode. Sua roupa era a típica roupa surrada de ogros dos livros. Talvez seja um pouco injusto chamá-lo de ogro, pois, como Gorbo dissera, ele estava reformado. Nenhuma criança havia passado por seus lábios há anos, e sua dieta agora era de repolhos, folhas de nabo, pepinos, maçãs verdes e coisas leves desse tipo.

"Ahá!", disse Golithos quando eles chegaram. "Vocês são todos muito bem-vindos. Faz muito tempo desde que tive uma bela visita. Como você está, minha pequena donzela? E você, meu rapazinho? E você também, meu caro Snerg? Deixe-me ver, já tive o prazer de encontrá-los antes?" Ele apertou a mão de todos de um modo muito amigável.

"Acho que não", respondeu Gorbo. "Veja bem", acrescentou o Snerg com delicadeza, "eu era muito pequeno quando eles... quero dizer, você... bem, quando você mudou de endereço."

"Exatamente", disse Golithos, corando. "Bem, entrem e sintam-se em casa."

Parecia não haver nada a se fazer a não ser passar pela porta, embora tudo que Gorbo queria era perguntar o caminho de volta para cruzar o rio, e não fazer visitas matutinas. Quando entraram, Golithos bateu a porta pesada e a trancou.

"Fico muito nervoso se a deixo aberta", explicou ele. "Mas venham e lhes prepararei uma refeição. Vocês devem estar cansados e com fome depois da longa jornada de onde quer que tenham vindo."

"Olhe aqui", disse Gorbo, "não queremos lhe incomodar muito. Tudo o que queremos saber é como voltar para o outro lado do rio."

"Voltar para o outro lado do rio", respondeu Golithos, curvando-se e colocando uma mão com delicadeza no ombro do Snerg, "é mais fácil do que você pensa. Muito mais fácil. Na verdade, creio estar certo ao dizer que, por mais fácil que você pense que seja, verá que é ainda mais fácil."

"Bem, fico feliz com isso", disse Gorbo.

"Naturalmente que fica. Mas venham e sintam-se em casa."

"Obrigado, mas eu realmente gostaria de saber o caminho."

"O caminho?", perguntou Golithos, um pouco confuso.

"Sim, o caminho para atravessar o rio, é claro."

"Ah, sim, é claro. O que estou pensando? Bem, é perfeitamente fácil. Tudo o que vocês precisam fazer é... mas uma coisa de cada vez. Venham e sintam-se em casa."

GOLITHOS, O OGRO

Golithos foi à frente, subindo alguns degraus altos até uma porta na parede da torre, que se abria para uma ampla sala redonda que ocupava o andar inteiro. Era bem grande, mas era a sala mais desconfortável possível. De um lado havia uma cama grande de dossel e no centro ficava uma mesa grande e pesada e uma cadeira grande e pesada. E essa era toda a mobília, a não ser que se conte um amontoado variado de entulho — roupas velhas, ferramentas de jardinagem, potes, panelas, sacos e barris e outras coisas mais espalhadas pelo chão. Alguns degraus de madeira conduziam a um alçapão no teto, e no chão de pedra havia outro alçapão, com uma grande argola de ferro para erguê-lo, que aparentemente levava para um porão. Só havia uma janela, com pequenas vidraças redondas de um verde opaco.

"Esta é a minha sala de jantar-cozinha", disse Golithos, aparentando orgulho. "Também durmo aqui — a estrutura ali no canto é a minha cama —, de modo que também é quarto. Por favor, peguem as cadeiras... quero dizer, um de vocês pegue a cadeira e os outros sentem-se no chão. Mas, o que quer que façam, sintam-se em casa."

"Obrigado", disse Gorbo. "Mas e quanto ao caminho para atravessar o rio?"

"O rio?", Golithos parecia não compreender o que o Snerg queria dizer.

"Sim, o rio do lado de fora. Toda aquela coisa molhada lá. Queremos voltar para o outro lado."

"Sem dúvida. Bem, vocês não precisam se preocupar com isso, pois é uma questão muito simples. Vou lhes mostrar como é possível atravessar da maneira mais fácil. Mas primeiro vamos cuidar do jantar." Ele pegou uma panela e uma faca e desceu correndo desajeitado os degraus.

"Ouvi dizer que ele está ficando muito devagar desde que se reformou", disse Gorbo após pensar por um minuto, "mas está pior do que eu esperava. De um jeito ou de outro ele faz com que eu queira contradizê--lo. E não costumo ser assim."

"Mas ele vai nos dar algo para comer", observou Joe.

"Sim, Joe. Mas não acho que a comida vai ser das mais fortificantes. Isso é o pior das pessoas reformadas. Aí vem ele."

Golithos voltou como uma poderosa mamangaba, trombando nos móveis e tropeçando nas coisas que estavam no chão, espalhando verduras pelo lugar, abaixando-se para juntá-las e derrubando outras ao mesmo tempo.

"Vou lhes dar a refeição de suas vidas", disse ele, cortando alface e sorrindo do seu jeito abobalhado. "Sou sempre da opinião de que não há nada mais apetitoso do que alface fresco e cebolas cruas, especialmente se estiverem com bastante sal."

26. Jantar com Golithos

Golithos botou rapidamente uma panela grande na mesa, e então pegou dois barris vazios e colocou uma tábua sobre eles, para fazer um banco para as crianças. Sylvia sussurrou preocupada para Gorbo, que observava o anfitrião com uma expressão de desgosto, e comentou que a silhueta de Tigre estava perdendo suas curvas.

"Olhe aqui, Golithos", disse Gorbo, "você pode dar a esse cachorrinho algo para comer?"

Golithos coçou a cabeça. "Deixe-me ver... imagino que ele não coma salada."

"Não, ele não come. Ele é um cachorro, não um gafanhoto. Você não tem algum pão?"

"É possível que eu tenha alguns pedaços num saco em algum lugar. Veja bem, não como muito pão. Aquece o meu sangue. Mas vou tentar encontrar uns bons pedaços para ele depois. Enquanto isso, vamos comer com vontade. Gostaria de usar a cadeira ou prefere ficar de pé?"

"Fico com a cadeira, obrigado", respondeu Gorbo, sentando-se. "Olhe aqui, Golithos, é tudo muito gentil e atencioso e bondoso de sua parte, mas estes jovenzinhos vão querer algo um pouco mais sólido do que isso."

"Não há comidas sólidas aqui", disse Golithos rapidamente. "Não daria certo."

"Bem, você tem uma vaca lá fora. Por que não oferece um pouco de leite às crianças?"

"Leite? Sim, mas você acha que seria bom para elas? É um pouco forte."

Gorbo bateu com força na mesa. "Vá lá fora e ordenhe aquela sua vaca velha!", exclamou o Snerg em voz alta. "Essas crianças querem leite. Elas não podem viver de insolência e alface."

Golithos ficou terrivelmente envergonhado. "Sim, sim, eu vou", disse ele. "Não seja violento." E desceu os degraus aos tropicões.

"Não consigo compreendê-lo", disse Gorbo. "Ele já foi um velho patife, mas o que tinha de rude, tinha de esperto... e era um tanto interessante se você não fosse muito exigente. Mas acho que a dieta de agrião enfraqueceu seus miolos."

Gorbo sentia o tamanho de sua responsabilidade; se não fosse um tolo nato, não teria colocado as crianças nessa encrenca; e o seu temperamento indolente parecia ter desaparecido subitamente com relação ao seu anfitrião. Depois de um minuto, ele pulou da cadeira, correu para a janela e colocou a cabeça para fora.

"Golithos!", gritou o Snerg com uma voz de advertência. "Estamos esperando!"

Golithos apareceu carregando uma jarra de leite e aparentando estar apreensivo. "Devo colocar um pouco de água no leite?", perguntou.

"Dê-me aqui", ordenou Gorbo, pegando a jarra. Ele procurou pela mesa bagunçada e encontrou duas canecas de barro. "Lave-as", disse o Snerg, entregando-as por sobre o ombro para Golithos. "Ai, ai, mal dá para chamar isso de decente!"

JANTAR COM GOLITHOS

O leite pelo menos estava bom e quente, e as crianças sentiram-se muito revigoradas depois de tomá-lo. Uma pequena tigela de leite foi dada a Tigre, que bebeu tudo e foi dormir em cima de um saco. Depois todos foram para a salada, com Golithos por perto e incentivando-os a comer mais sempre que paravam. Gorbo comeu sua parte descontente, às vezes olhando com desprezo para um pedaço antes de colocá-lo na boca (é bom mencionar que eles estavam comendo com as mãos; não havia garfos nessa bagunça repulsiva). Depois de um tempo, Gorbo fez uma tosca tentativa de conversa bem-educada.

"Tudo vai bem aqui, Golithos?", perguntou ele.

"Muito bem, obrigado. Ah, sim. É solitário, claro; as pessoas parecem me evitar. Mas tenho tempo de sobra para pensar nos meus pecados do passado."

"Ah, isso deve lhe ocupar o tempo. Tem se mantido em forma, Golithos?"

"Dentro do tolerável, obrigado. Sofro de dor de estômago de vez em quando."

"Só de vez em quando, hein? Que estranho. Tem dormido bem, Golithos?"

"Muito bem, obrigado. Às vezes tenho pesadelos."

"O que você esperava? Isso é tudo que você vai nos dar, Golithos?"

"Receio que eu não tenha mais nada... sim, eu tenho! Posso lhe dar um belo pepino fresco."

"Fique com ele, Golithos." Gorbo se espreguiçou e bocejou e se virou para as crianças. "Bem, Sylvia, o que você acha deste antro?"

Sylvia olhou para o rosto débil, porém gigantesco, do ex-comedor de crianças e sentiu um pouco de pena dele. "Oh, é muito bonito", respondeu ela, embora sem muita sinceridade, receio. "Não é, Joe?"

"É agradável", respondeu Joe. O menino então levou as mãos à frente da boca e forçou uma tosse, pois seus modos não eram dos melhores. O anfitrião aparentava estar bem infeliz.

"Imagine em um dia de chuva", prosseguiu Gorbo. "Bem, Golithos, como é a região por estes lados?"

"Não sei muito a respeito dela, pois não ando muito por aí, mas ouvi dizer que é bem ruim. Veja bem, há a terra do Rei Kul não muito longe daqui, e ele tem um gênio muito ruim."

"Sim, ouvimos falar dele. O que ele faz, exatamente?"

"Bem, ele oprime o povo. Veja bem, ele faz disso um passatempo. E, pelo que ouvi, eles são o tipo de povo que é preciso oprimir. Mas na verdade não sei muito sobre eles, pois raramente os vejo. E, quando vejo, eu me tranco aqui dentro até irem embora. A velha Mãe Meldrum de vez em quando vem me visitar e me fala dos acontecimentos."

"E quem é a velha Mãe Meldrum?"

"Bem, ela é uma bruxa, é isso o que ela é. Ela diz que nada dará certo até o Rei Kul desaparecer e vive tentando me convencer a fazer algo a respeito. Mas, de um jeito ou de outro, não me sinto mais capaz de fazer algo violento desde que me reformei."

"Você está amolecendo, Golithos. Mas por que outra pessoa não tenta acabar com o Rei?"

"Acho que é porque eles têm medo. É arriscado, veja só. A Mãe Meldrum diz que três quartos do castelo dele são feitos de masmorras. E o rei mantém seis carrascos ocupados o tempo todo, exceto aos sábados à tarde e aos domingos."

"Isso condiz com o que eu mesmo já ouvi sobre ele", disse Gorbo, olhando nervosamente para Sylvia e Joe, que estavam prestando atenção em tudo que era dito. "Mas anime-se, Sylvia, logo sairemos dessa confusão. Agora, Golithos, e quanto ao caminho para atravessar o rio?"

27. Golithos Explica

O gigante pegou Gorbo pelo braço e o levou até a janela. "Vê aquela árvore?", perguntou ele, apontando para um pinheiro alto ao longe.

"Sim, Golithos."

"Bem, aquela árvore fica perto do rio e apontei para ela porque é inútil tentar atravessar o rio naquele ponto. Ou, a propósito, em qualquer outro ponto, se é que você me entende."

"Bem, eu não entendo, se é que você me entende. Eu posso lhe dizer cinquenta maneiras de como não atravessar o rio. Ponha essa cabeça para funcionar, Golithos!"

"Você me deixa nervoso. E se fizer isso, vai acabar tirando todas as ideias boas da minha cabeça. Veja bem, o fato é que não se atravessa o rio de modo algum. Não obstante, chegar do outro lado é uma questão perfeitamente simples, se você souber como. Entende agora o que quero dizer?"

"Eu achava que eu era um tolo nato, Golithos, mas desde que o encontrei tenho orgulho de mim mesmo."

"Não fale comigo assim, que fico agitado. Olhe aqui, tudo que vocês precisam fazer é ir por baixo do rio. Passando por uma portinha."

"Já imaginava. Demorou para chegar nesse ponto, Golithos. Para falar a verdade, viemos por aquele caminho, mas a portinha se fechou assim que passamos por ela. E há uma outra porta do outro lado. Como a abrimos?"

"É bastante fácil. Mas não me lembro direito como... não fique violento! Veja bem, não é exatamente difícil; é apenas algo que tem a ver com alguns pequenos feitiços. Você traça um círculo no chão e o divide em seis partes — ou dezesseis, não me lembro. Então pega alguns talismãs simples — vinte e oito no total, creio. Sei que um deles é a unha do dedão do pé do sétimo filho de um sétimo filho nascido em uma sexta-feira. E aí se repete algo lido de um livro... ah, se você vai me olhar desse jeito, vou ficar completamente nervoso e esquecer o resto."

"Olhe aqui, Golithos", disse Gorbo, "você acha que a Mãe Meldrum tem mais juízo que você?"

"Ah, sim, ela tem muitíssimo mais! Ela sabe como abrir a porta."

"Oh, ela sabe? Então, onde podemos encontrá-la?"

"Ela pode vir aqui a qualquer momento. Veja você, ela vem porque eu a divirto — pelo menos é o que ela diz — e se vocês esperarem aqui por um ou dois dias, é provável que ela apareça. Posso lhes arranjar um quarto adorável no andar de cima. Vou empurrar os nabos para o lado e lhes dar algumas palhas quase limpas onde dormir. Eu daria a minha própria cama para as crianças, mas receio que o colchão esteja um pouco calombento; acho que alguns pedregulhos acabaram entrando nele. Veja bem, eu arejo o colchão todo mês de novembro, e em novembro passado eu estava trabalhando com tijolos, e como há alguns buracos no colchão, veja bem..."

"Não se preocupe, Golithos, ficaremos com o seu quarto no andar de cima. Então venha empurrar os nabos."

28. O Quarto do Andar de Cima

O quarto do andar de cima era muito pior do que o de baixo, o que não é pouca coisa. Era ocupado principalmente por nabos e sacos de cal, que Golithos começou a empurrar para um lado de qualquer jeito, enquanto Gorbo se sentou no parapeito da janela e o observou. Enfim, abriu-se um espaço para a palha, que foi espalhada da maneira que se usa para cavalos doentes.

"Pronto!", exclamou Golithos, orgulhoso, apoiando-se no seu garfo de feno. "Eis uma cama para você!"

Gorbo apenas bufou e nada disse, e por um tempo reinou o silêncio.

"Aquelas são criancinhas adoráveis", comentou Golithos, tentando ser agradável e interessante.

"Sim", disse Gorbo, lacônico.

"Fazia muito tempo que eu tinha visto alguma. Vi muitas no meu tempo de ruindade, como você sabe, mas achei melhor, depois de ter me reformado, mantê-las afastadas por um bom e longo tempo."

"Uma ideia sensata."

"É mesmo, não? Mas, como eu disse, elas são coisinhas muito adoráveis, especialmente a menininha. Sabe", continuou ele, puxando conversa, "costumava haver um ditado entre nós, nos dias de ruindade, que dizia que quanto mais claro o cabelo, mais macia a carne... porém, acho que isso não lhe interessa."

"Nem um pouco."

"É claro que não. Mas simpatizei bastante com esses pequeninos. A menininha é muito bonita e os dois são bons de corpo. Não exatamente gordos. Eu os descreveria como bem recheados. Fofinhos, se entende o que quero dizer."

Gorbo pulou da janela e desceu a escada. "Arrume direito o lugar", ordenou ele ao sair do quarto.

Golithos, obediente, continuou a revirar tudo, cantarolando uma musiquinha sobre uma rosa que amava uma borboleta e desapareceu.

29. As Dúvidas de Gorbo

Provavelmente a esta altura já terá ocorrido ao leitor atento que o caráter de Gorbo sofrera uma mudança. Uma sensação de responsabilidade, misturada com autocensura, trouxera à tona qualidades que até então não se suspeitava que ele possuísse, e, embora estivesse até certo ponto perdendo o desejo natural de agradar a todos que encontrava por meio de palavras conciliatórias e gestos prestativos, o Snerg estava adquirindo a habilidade de tomar decisões rápidas, assim como uma fluência verbal e uma capacidade para o que entre os nossos comediantes é conhecido como respostas malcriadas.

Gorbo encontrou as crianças na plantação de repolho tentando se divertir com Tigre, mas sem muito sucesso, pois estavam ficando muito cansadas deste lugar desolador. Os arredores eram horríveis, cheios de urtigas, hortaliças de má qualidade, grama por cortar e pedras, e com uma muralha alta (na qual havia várias lesmas) que bloqueava tudo, com exceção do céu. Sylvia foi mostrar o cachorrinho para a vaca, que era a única coisa que havia de bom naquele lugar e que vivia num barracão velho e apodrecido em um dos cantos, e Gorbo teve então uma oportunidade para conversar com Joe.

"Joe", disse ele, "não quero assustar Sylvia, porém você é um homem como eu. Parece-me que este não é um lugar saudável para se ficar por muito tempo. Em primeiro lugar, vamos morrer de tédio e, em segundo lugar, estou com dúvidas quanto a Golithos."

"Essa não!", exclamou Joe, agora assustado de vez.

"Sim, estou começando a achar que ele não está tão reformado quanto pensa que está. Pode ser só a minha imaginação, é claro, mas não vou me arriscar e você e Sylvia devem ficar sempre juntos de mim. Teremos que ficar um pouco aqui, pois, embora esteja claro que ele não saberá nos dizer como abrir aquelas portinhas, a velha bruxa pode aparecer a qualquer momento e poderei conseguir com ela a informação. Vou dar a ela meu chifre para que nos conte como abri-las; é a única coisa que possuo que tem algum valor, mas há prata nele e talvez sirva. Porém, se não for o suficiente, receio que Sylvia tenha que abrir mão do colar de coral. Não sei quanto as bruxas cobram, mas eu diria que o chifre e o colar dão de sobra."

"Mas não será muito arriscado ficar aqui?", perguntou Joe. Isso estava ficando mais aventureiro do que ele já desejara.

"Nem tanto, pois não vou tirar os olhos de vocês e sempre ando com meu arco debaixo do braço. Obviamente eu poderia deixar tudo mais seguro atravessando uma flecha naquela velha garganta barbada, mas eu não gostaria de fazer isso até ter certeza absoluta. Mas não se preocupe, Joe. E não deixe Sylvia saber."

O dia foi passando. Eles tiveram um jantar leve de nabos fatiados e frios e um pouco de leite que restara do banquete do meio-dia. Deram uma terça parte do leite para Tigre a fim de umedecer alguns pedaços de pão muito duros que Golithos encontrara para o cachorrinho. Tigre não se abalou, era quantidade que queria, não qualidade, e sua barriguinha começou mais uma vez a ficar saliente.

30. Golithos é Tentado

A noite passou sem problemas. As crianças dormiram profundamente sobre as palhas; Gorbo fizera sua cama em cima do alçapão, de modo que elas se sentiram bastante seguras. Contudo, de manhã havia mais do que um prenúncio de que um bom e velho problema estava a caminho.

"Você me faria a gentileza de manter essas adoráveis criancinhas sempre ao seu lado?", disse Golithos a Gorbo (puxando-o de lado pelo braço com cautela).

"Manterei. Mas não necessariamente para lhe fazer alguma gentileza. Que joguinho é esse?", perguntou Gorbo a Golithos (fazendo-o soltar seu braço).

"Não é joguinho algum; é algo mais sério. Veja bem, tenho um medo terrível de que eu possa voltar aos meus velhos hábitos vergonhosos. Ver essas adoráveis coisinhas rechonchudas é para mim uma tentação gigantesca, e quero que você me ajude a lutar contra ela. Não quero que vocês partam, pois se eu não tiver a tentação, não haverá crédito por vencê-la — e realmente espero e acredito que serei capaz. Sabia que ontem à noite eu quis dar uma olhada nas crianças enquanto dormiam, mas não consegui abrir o alçapão? Parecia que havia algo pesado sobre ele."

"Havia", disse Gorbo.

"Imaginei que sim. E então, sabe, desci e me sentei, pensando nelas, e depois de um tempo vi que estava afiando distraído um facão. Foi um choque. Agora, prometa-me que você me ajudará a superar essa tentação."

"Oh, eu ajudarei você", disse Gorbo.

Ele chamou Sylvia e Joe para que descessem e trouxessem Tigre, e então o Snerg desceu com as crianças os degraus até a porta na muralha externa.

"Venha abrir essa porta, Golithos!", gritou ele.

"Oh, vocês certamente não estão pensando em me deixar!", exclamou Golithos, pisando firme na direção deles. "Ficarei muitíssimo chateado se vocês fugirem dessa forma."

Gorbo pegou uma flecha e a ajeitou no arco.

"Talvez você fique mais chateado num instante", disse ele, "se aquela porta não estiver aberta antes de contar até dez e você estiver com três dessas saindo da sua cabeçorra apalermada."

Golithos saltou na direção da porta e a abriu no momento em que Gorbo contou até seis. No momento em que as crianças passaram pela porta, desviando-se do ogro, ele se curvou e estendeu-lhes a mão.

"Adeus, queridinhos", disse ele. "Não vão apertar a mão de um velho reformado? Ah, isso não é educado!"

Gorbo guardou a flecha na aljava e parou por um instante para olhar o ogro. "Fique com os agriões", disse ele, à guisa de troça. "Agriões e água gelada. Uma fatia de beterraba no Natal. Isso vai lhe manter em forma."

"Você me ofende", disse Golithos, empertigando-se ao máximo (ele media dois metros e dezesseis centímetros). Havia certa dignidade no seu tom.

GOLITHOS É TENTADO

"Vá para dentro!", gritou Gorbo, puxando de novo uma flecha da aljava. "Não garanto que eu não..."

Mas Golithos já havia corrido para dentro, batido a porta e a trancado. Os viajantes seguiram por uma trilha estreita e pedregosa, que levava a um terreno elevado. Olhando para trás, viram a cabeça de Golithos aparecer por sobre a muralha. Até onde podiam julgar pela distância, ele tinha um olhar ávido.

31. Para Além da Torre

Quando chegaram ao outro lado da elevação e a torre estava fora de vista, Gorbo parou para tirar o gorro e arrancar um pouco os cabelos. Em seguida abraçou as crianças arrependido, e elas o consolaram como puderam.

"A próxima questão", disse ele, recuperando-se, "é a questão de o que devemos fazer a seguir. Se eu soubesse onde Mãe Meldrum mora, nós iríamos para lá imediatamente. Mas eu não sei, e seria inútil voltar para perguntar a Golithos. O susto que lhe dei acabou com o pouco de miolo que ainda havia nele."

"Talvez encontremos alguém se continuarmos andando", sugeriu Sylvia. "Então poderemos perguntar onde ela vive."

"Vamos lá", disse Joe. "Eu gostaria de encontrar uma bruxa. Acabamos de ter uma bela aventura e talvez tenhamos outra. Imagine só, Sylvia! Somos as duas únicas crianças do mundo que já estiveram no castelo de um ogro... quero dizer, as duas únicas que já saíram de um. As outras vão morrer de inveja!"

"Sim, Joe, mas eu gostaria que pudéssemos voltar para casa. Está ficando terrivelmente parecido com uma daquelas histórias que Norah costumava me contar."

Andaram por muito tempo por uma planície que era salpicada aqui e ali por algumas árvores, mas que não apresentava mais nada de interessante, até chegarem ao que parecia ser uma estrada, e seguiram por ela por algumas horas. Então, de repente, viram um homem a cavalo cruzando a planície. O curioso era que tanto o homem quanto o cavalo brilhavam sob o sol da manhã, e os viajantes pararam e olharam-no, admirados.

"É um cavaleiro!", exclamou Joe. "Veja, Sylvia! Veja a armadura brilhante e a lança longa! Aposto que é ligeira e afiada." (A Srta. Watkyns costumava cantar "Não temo inimigo algum" nos concertos de sábado à noite.)

"Espero que ele seja puro de coração", disse Sylvia, um tanto ansiosa. (A Srta. Ffolijambe costumava recitar "Sir Galahad".)

Gorbo nada disse, mas testou a corda do arco, por via das dúvidas.

32. O Cavaleiro Errante

O homem de armadura parou o cavalo quando alcançou a estrada um pouco à frente e esperou por eles. As crianças ficaram desapontadas quando se aproximaram, pois ele não parecia estar à altura dos padrões para cavaleiros como os dos livros. É verdade que ele possuía uma armadura brilhante e uma lança tão longa quanto um varejão e coisa e tal, mas a couraça parecia não ter sido feita sob medida. O peitoral era amarrado na parte das costas com o que pareciam ser cadarços, e os pedaços não se encaixavam bem; pedaços de tecido ficavam à vista dos lados. A armadura nas pernas era um tanto grande e chacoalhava sempre que o cavaleiro se mexia. O elmo também era grande demais e balançava em sua cabeça. A pluma, apesar de não ser má, deveria ter sido menor para conferir um efeito melhor. O cavalo era grande e branco e de pelos longos, e tinha sobre a testa algo como uma tampa pontuda de panela.

Quando eles chegaram perto, o cavaleiro ergueu a viseira do elmo e lhes lançou um olhar altivo. Pelo que podiam ver do rosto do homem, ele tinha olhos estreitos, um nariz longo e bochechas um tanto flácidas.

"Quem sois vós?", perguntou ele, cheio de si. "E por qual razão vindes…", aqui sua voz sumiu de súbito, pois a viseira havia se fechado como uma armadilha e ele teve que fazer força para abri-la.

Por fim, conseguiu erguê-la. "Como eu dizia, por qual razão vindes assim desprotegidos pelas estradas do Rei, duas crianças e um baixote?"

"Quem você está chamando de baixote?", perguntou Gorbo, irritado. "Abaixe você essa crista!"

O cavaleiro lhe lançou um longo olhar de desprezo como resposta, um olhar que poderia ter durado muito mais caso a viseira não tivesse caído novamente e encerrado a questão.

"Dai-me paciência!", exclamou com rispidez o cavaleiro quando levantou a viseira. "Mas deixarei a afronta passar. Digam-me, vocês sabem de alguma injustiça a ser reparada? Sou Sir Percival e jurei socorrer donzelas, matar gigantes, vândalos, velhacos e salafrários, resgatar..."

"É muito bondoso de sua parte", disse Gorbo. "Então talvez você possa ter a gentileza de nos dizer o caminho para a bruxa..."

"Que bruxa?", interrompeu Sir Percival.

"Mãe Meldrum. Se puder ter a gentileza..."

"Sim, ela é conhecida por ser uma bruxa perigosa. Vive na floresta sombria onde voam os gigantescos morcegos negros, sozinha com seus imensos gatos pretos, e colhe ervas em noites enluaradas e prepara sórdidas poções para fazer o mal à gente honesta. O que significa que não irei até lá com vocês."

"E quem lhe pediu para ir?", perguntou Gorbo. "Só quero saber o caminho para lá."

"Então, nesse caso, é melhor que vocês viajem comigo, pois passarei a cerca de uma milha da floresta sombria. E se alguém tentar causar-lhes algum mal no caminho, lá estarei eu para defendê-los."

"Isso será maravilhoso", disse Gorbo. "Muito obrigado. Mas e quanto a essas crianças? Não poderia levá-las no cavalo, uma na frente e outra atrás?"

"Hum!" O cavaleiro pensou a respeito por um tempo. "Eu gostaria de ajudar, é claro, especialmente porque jurei praticar boas ações, mas isso não me faria parecer um tanto ridículo?"

"Nem um pouco", respondeu Gorbo. "Na verdade, você pareceria bastante encantador. Venha, Sylvia, vou lhe erguer na sela."

Antes que Sir Percival pudesse fazer qualquer objeção, percebeu que Sylvia já havia sido levantada e colocada à sua frente. A sela era espaçosa e bem acolchoada, servindo como um assento bem confortável para a menina.

"Segure o cinto dele", disse Gorbo. "Assim vai ficar mais segura. Agora você, Joe."

Joe, como cabia a um menino de circo, correu e saltou para a garupa do cavalo, onde se sentou à vontade.

"Ora essa", disse Sir Percival, incomodado, "vocês não estão tomando liberdades comigo?"

"Perdão?", perguntou Gorbo, que estava ocupado com Sylvia, criando um confortável par de estribos com pedaços de correias da sela.

"Eu disse, 'Vocês não estão tomando liberdades comigo?'"

"Não, nem um pouco. Está confortável, Sylvia?"

"Sim, é adorável", respondeu a menina.

"E você, Joe?"

"Estou bem. Essa é uma aventura de verdade!"

"Espero que isso não esteja sendo um incômodo", disse Gorbo educadamente ao lhe ocorrer um pensamento repentino.

"Oh, não", respondeu Sir Percival com uma ironia mordaz. Ele não conseguia segurar a lança da maneira adequada e tinha que passar o braço pelo lado de Sylvia para controlar as rédeas. "Quem ficaria incomodado com uma coisinha dessas?" E então a viseira caiu mais uma vez e o cavaleiro soltou um berro irritado, ainda que abafado. Porém, os dedinhos habilidosos de Sylvia de pronto levantaram a viseira e ela pediu a Gorbo que encontrasse um gravetinho e o afiasse com sua faca. A menina, então, prendeu com destreza o graveto entre a viseira e o elmo.

"Pronto", disse ela, batendo de leve na bochecha encouraçada de Sir Percival, "agora a viseira ficará levantada. Mas o que você precisa mesmo é de alguns colchetes grandes." Ela percebera, com o infalível instinto infantil, que não apenas o coração de Sir Percival era puro, mas que a sua cabeça era um tanto mole.

A irritação, quiçá perdoável do cavaleiro, foi suavizada por essa demonstração de atenção, e ele sorriu para Sylvia.

"Se algum inimigo aparecer", explicou ela, "tudo que você precisará fazer será puxar esse gravetinho e pronto, estará preparado para a batalha."

Sir Percival sentiu-se instigado pela menção de batalha. "Se algum salafrário lhe importunar, pequena donzela de fulvos cabelos", disse ele orgulhoso, "mostrar-lhe-ei que grande homem com as mãos é Sir Percival. Malfeitores tremem à menção do meu nome."

"Não acredito em você", disse Sylvia entre risinhos. A menina na verdade estava usando com esse cavaleiro cintado os mesmos ardis que haviam tentado Joe a cometer tamanhos atos flagrantes de tolice e desobediência, aos quais a presente posição dos viajantes podia ser diretamente traçada. Diabinha.

"Imagino que não haja lugar para este cachorrinho?", perguntou Gorbo, erguendo Tigre.

"Não", respondeu Sir Percival com firmeza. "Cachorrinhos são o meu limite." Ele, então, sacudiu as rédeas e o grande cavalo branco encetou um passo ligeiro e confortável.

33. O Trabalho de Sir Percival

Sir Percival aparentemente se conformou com a inconveniência e (tenho que admitir) a aparência grotesca resultantes do fato de ter crianças na sua frente e atrás na sela, e estava disposto a falar sobre si mesmo. O cavaleiro procurava por aventuras porque se enamorara de uma moça, e ela lhe dissera que se partisse como um cavaleiro errante por um ano e vencesse um número razoável de cavaleiros e salafrários e matasse alguns dragões e coisas do tipo, teria algo a lhe dizer, mas não disse o que seria. Até o momento Sir Percival não havia vencido ninguém, pois não encontrara ninguém com quem quisesse lutar, e no tocante aos dragões, ele tinha para si que todos haviam deixado aquelas terras. Um homem, um moleiro, contara-lhe onde havia um dragão, mas sucedeu que o patife falava da própria esposa, que costumava lhe atacar com ferocidade, e provavelmente com razão de sobra. Mas Sir Percival contou aos viajantes que agora tinha grandes esperanças, pois estava a caminho de um castelo sobre o qual ouvira falar e que parecia promissor — embora não soubesse a quem pertencia —, uma vez que em um castelo havia sempre cavaleiros, e cavaleiros estavam sempre ansiosos por um combate. Essa foi uma ótima notícia para Gorbo, que chegara à conclusão de que em um castelo havia sempre algo para se comer, e as crianças ficaram encantadas quando ele lhes disse isso, pois o sol já estava ficando alto e eles não haviam comido nada desde os nabos da noite anterior.

Chegaram depois de algum tempo a uma região arborizada, que foi uma mudança agradável após a planície descampada. Avistaram então ameias de torres que avultavam por sobre as copas das árvores, e pouco depois pararam diante da muralha externa de um pequeno e aconchegante castelo, completamente isolado. Parecia não haver ninguém por perto, do lado de dentro ou de fora, e tudo estava muito sereno, ensolarado e silencioso. E pendendo no portão externo havia um chifre, como aquele que se encontrava do lado de fora da Torre Sombria à qual chegou Childe Roland.

34. O Castelo Misterioso

"Insuflarei este chifre", disse Sir Percival a Gorbo (ele quis dizer que iria soprá-lo). "E será muita gentileza sua se fizer o obséquio de fingir ser meu escudeiro."

"Sim, serei seu escudeiro", respondeu Gorbo, bastante interessado. O Snerg desceu Sylvia do cavalo para tirá-la do caminho caso irrompesse um confronto. "Eu gostaria de... pule, Joe... Direi a eles que você enfrentará seis deles e..."

"Não tão rápido, por favor", disse o cavaleiro. "O que eu quero que você faça é dizer que sou o célebre Sir Percival e... e assim por diante. Passe-lhes a ideia de que sou terrível. Que não sei o que é o medo e esse tipo de coisa. Veja bem, não tenho intenção de ferir ninguém se isso puder ser evitado, e se algum cavaleiro preferir desistir sem lutar, ora, deixe com que o faça e poupemos um derramamento desnecessário de sangue. Entendeu?"

"Sim, creio que sim. Coisas impressionantes, por assim dizer. Agora, sopre com força."

Sir Percival soprou na pequena ponta do chifre e uma nota longa e melancólica soou pela outra extremidade. Fez-se silêncio durante algum tempo; mas, por fim, eles ouviram o som de passos lentos e arrastados se aproximarem do portão.

"Nada hoje, muitíssimo obrigado", disse uma voz tênue e trêmula.

"Abra, serviçal!", gritou Sir Percival com raiva. "Que descortesia é essa de manter um campeão esperando em seu portão? Abra, eu digo, antes que eu acredite que os cavaleiros deste castelo temam me encontrar."

"Valha-me, bom senhor!", respondeu a voz trêmula. "Não há cavaleiros aqui, nenhum de fato, e na verdade ninguém além de mim e de minha velha senhora Margery, que cuidamos do castelo enquanto a família encontra-se ausente visitando primos, apesar de que teríamos ficado felizes se eles também tivessem nos levado, pois uma mudança de ares nos faria bem, uma vez que depois de tanto tempo neste castelo já estamos fartos dos contornos dele, para não falar da umidade que se entranhou de tal maneira nos ossos da velha Margery que ela anda sempre curvada e..."

"Olhe aqui", interrompeu Gorbo, levando as mãos à boca e gritando pelo buraco da fechadura, "este é o valente Sir Percival, que matou tantos cavaleiros que já perdeu a conta, para não falar dos dragões e bichos do tipo. E eu sou seu valente escudeiro, Gorbo, famoso pelo grande apetite, e temos conosco duas crianças e um cachorrinho que

também estão com fome, e a questão é se você será um bom camarada e nos dará algo para comer ou se você simplesmente vai fazer com que botemos esse castelo abaixo."

"Não se precipite, bom escudeiro", respondeu a voz. "Abrirei o portão e deixarei que entrem, pois meu senhor ordenou-me a dar comida e bebida a viajantes que delas necessitassem e em particular àqueles que fossem capazes de danificar sua fortaleza, caso lhes negassem alimento."

O portão se abriu e, para surpresa de todos, não foi um velho e cambaleante serviçal que apareceu diante deles, mas um lépido rapaz trajando a brilhante e fantástica roupa de um bobo da corte, com uma perna da calça vermelha e a outra amarela, e que, pelo riso imoderado, aparentava estar se divertindo muito.

"Há, há!", gritou ele, alegre, saltando e acertando Sir Percival no nariz com uma bexiga amarrada na ponta de uma vareta. "Não te enganei, cara de abóbora? Teu queixo está caído até agora, teus olhos arregalados de espanto e tens a aparência (sem contar a presença) de um bacalhau escaldado. Ria, ressoante montanha de couraça mal ajustada", acertando de novo o cavaleiro, "e admita que esta é uma troça deleitosa."

35. O Aborrecimento de Sir Percival

Sir Percival se recuperou da surpresa e se preparou para fazer o que parecia ser a única coisa apropriada em um caso como esse. Ele ergueu a lança para lançar por terra esse rapaz folgazão.

"Que vergonha!" O rapaz havia saltado para sair do caminho e agachou-se, apertando Sylvia e Joe junto a si. "Teria coragem de golpear uma criança?"

"Inseto atrevido!", exclamou Sir Percival. "Solte os pequenos para que eu possa lhe surrar."

"Seja razoável!", gritou o outro, agora atirado ao chão. "Este castelo está abandonado, e somente eu sei onde fica a despensa. Sem a minha ajuda, vocês partirão famintos!"

"Há algo de verdade nisso", disse Sir Percival, abaixando a lança.

"Há muito de verdade", disse Gorbo. "Não bata no pobre homem!"

O bobo pulou feito uma bola de tênis e correu na direção de Gorbo, abraçando o Snerg. "Com este beijo" (beijando o topo da cabeça de Gorbo com delicadeza), "juro amizade eterna."

"Mostre o caminho, célere palerma", disse Sir Percival. "Perdoar-lhe-ei se nos levar até a despensa de imediato."

O bobo virou-se para as crianças. "Estão vendo aquela porta lá?", disse ele, apontando para uma pequena porta aberta na principal construção do castelo. "Darei a vocês uma vantagem de meio caminho numa corrida até lá. Estão prontos? Vamos!"

Sylvia e Joe dispararam a toda velocidade e, quando estavam no meio do caminho, o bobo soltou um grito estridente e correu atrás das crianças, emparelhando com elas no instante em que alcançaram a porta.

36. A Cozinha do Castelo

"Isso é maravilhoso!", exclamou o bobo, pegando as crianças pelas mãos e entrando com elas em uma grande e confortável cozinha. Ele então se virou e olhou ansioso para o alto da porta aberta. "Não, não há tempo para preparar uma armadilha. Venham e coloquem os aventais."

Sylvia e Joe, ambos muitíssimo encantados com esses prazerosos acontecimentos, logo estavam vestindo pequenos aventais e chapéus feitos de guardanapos e ajudando seu novo amigo. O bobo fatiou um presunto e colocou duas grandes frigideiras no fogo, enquanto as crianças botavam banquinhos ao redor de uma mesa grande no meio da cozinha, ajeitando pratos, canecas e o que mais fosse preciso.

"Acham que quarenta ovos serão suficientes?", perguntou o rapaz.

"Acho que será quase mais que suficiente", respondeu Sylvia, fazendo uma conta rápida de cabeça. "Serão oito para cada."

"Então prepararei cinquenta", disse o estranho ser, quebrando os ovos com rapidez nas frigideiras.

O som intenso de um tinido do lado de fora indicava que Sir Percival estava chegando; ele e Gorbo estiveram cuidando do cavalo, dando-lhe feno e assim por diante. Quando o cavaleiro atravessou a porta, o bobo voltou-se com um ovo pronto para ser atirado na cabeça de Sir Percival. Porém, ele hesitou, quebrando em seguida o ovo na frigideira. "Não ouso", disse ele a Joe. "Que pena!"

Gorbo parou ao entrar, sentindo o cheiro delicioso. Então atravessou a cozinha até o bobo. "Abaixe um pouco", pediu o Snerg. E quando o rapaz se abaixou, Gorbo beijou o topo da cabeça dele. "Também juro amizade. O que você nos dará para beber?"

"Tenho aqui...", respondeu o bobo, saltando sobre a mesa até um rústico guarda-louça, "... leite para essas crianças e cerveja para nós, homens. Bebamos à nossa saúde", disse ele, enchendo duas canecas.

Enquanto esses dois camaradas brindavam e conversavam, Sylvia, de pé em um banquinho na frente do fogão, pingava manteiga quente nos ovos para lhes dar um gostinho a mais, e Joe estava em outro banquinho espetando as fatias de presunto e colocando-as em um prato quente. As crianças estavam muito felizes, pois essa realmente era uma aventura excelente, com comida e coisas animadoras acontecendo. O castelo também, a julgar pela cozinha, era um lugar respeitável, limpo e arrumado, e uma bela mudança comparada à torre bestial onde passaram a noite.

37. O CAFÉ DA MANHÃ

Foi oferecido a Sir Percival um banco em uma das mesas e Sylvia foi colocada na outra — para servir a comida, já que era a única dama presente. O presunto e os ovos estavam perfeitos, e havia também torradas amanteigadas e uma compota de ameixa que o bobo disse que eles deveriam provar como se ele próprio a tivesse preparado. Tigre ganhou um pouco de tudo e estava ocupado em tomar corpo como deveria. (Note-se que quase todas as notícias que tenho para dar sobre esse cachorrinho são a respeito de sua rotundidade ou de seu estômago.)

"Diga-me, a quem pertence este castelo?", perguntou Sir Percival por fim, indo ao que interessava.

"Ele pertence ao meu senhor", respondeu o bobo. "Um certo Gunthorn, um barão terrível e um tanto inescrupuloso que é uma espécie de flagelo para essas terras. Sou seu bobo particular, Baldry é o meu nome, e é meu dever saber. Muitos cavaleiros vieram até aqui com a intenção de lutar com ele... mas todos se foram, infelizmente."

"Oh! Para onde eles partiram?"

"Não muito longe, senhor cavaleiro. Há um cemitério a umas duzentas jardas além destas muralhas. Pode me passar o seu prato para outro pedaço de presunto e mais algum ovo?"

"Não, obrigado", respondeu Sir Percival. "Parece que perdi o apetite. E onde se encontra o barão Gunthorn neste momento?"

"Ora, senhor cavaleiro, ele pode estar a muitas e muitas longas léguas daqui, e..."

"Mudando de ideia", interrompeu Sir Percival animado, "creio que eu poderia comer outra fatia."

"E por outro lado", continuou Baldry, passando o prato, "ele pode voltar a qualquer momento. O barão partiu esta manhã à procura de um cavaleiro errante a respeito do qual ouvira falar e levou consigo seus soldados, o cozinheiro e os criados do castelo, como é de seu peculiar costume. Deixou-me encarregado de sua fortaleza, ciente de que homem algum ousaria pisar dentro dessas muralhas, tamanha a fama de sua crueldade. Ele possui um outro costume peculiar de esgueirar-se pelo portão de trás, a fim de observar se tudo é mantido em ordem enquanto se ausenta. Mas não está comendo, senhor cavaleiro."

Sir Percival empurrou o prato e pensou profundamente. "E o que ele fará se lhe encontrar entretendo convidados durante sua ausência?"

"Bom senhor", disse Baldry com gravidade. "Falemos de coisas alegres enquanto pudermos. Se ele... mas, espere um instante, são sons que ouvi?"

38. Um Momento Terrível

Baldry se levantou de um pulo e ficou parado por um momento, ouvindo ansioso. Então correu até uma porta no canto da cozinha, abriu-a e desapareceu por uma escada de pedra em espiral.

Pouco depois, os que estavam na cozinha ouviram o tinido distante de uma armadura e uma voz ríspida e trovejante erguendo-se furiosa. Os sons se aproximavam cada vez mais e eles ouviram passos pesados descendo a escada de pedra. Gorbo pegou seu arco e empurrou as crianças na direção da porta. Sir Percival lutava para colocar o elmo, mas estava com dificuldades.

"Bem, meu senhor", ouviram a voz de Baldry dizer, "se puder dar ouvidos à razão..."

"Não me venha com essa de razão", interrompeu a voz trovejante. "Se eu encontrar convidados indesejáveis na minha cozinha, primeiro irei esfolá-los e depois matá-los..."

A porta foi escancarada e Baldry apareceu sozinho, sorrindo docemente e batendo duas tampas de panela para imitar os passos metálicos.

"Sentem-se, por favor", disse ele dando uma grande risada. "Ora, essa não foi uma bela de uma troça?"

"Sim, um belo de um gracejo gaiato", respondeu Sir Percival, removendo o elmo com violência e expondo um rosto pálido e irritado. "Tu sem dúvida és um patife excepcional, embora eu não compreenda como tu consegues seguir com isso sem que te matem."

39. Mais Problemas

"Vejam!", exclamou Baldry, apontando de súbito em direção à porta aberta. Do outro lado do pátio era possível ver a porta na muralha externa e esta, por ter sido deixada aberta, proporcionava uma visão panorâmica da estrada branca que atravessava a floresta. E não muito longe, ao longo da estrada, era possível ver cavaleiros que se aproximavam.

"Esta agora não é nenhuma troça", continuou Baldry, "pois lá vem o cruel barão. Vamos embora daqui e depressa."

"De acordo", disse Gorbo, agarrando a mão de Sylvia. "Mas por que você quer ir se pertence a este lugar?"

"Ai! Eu nunca tinha visto ou ouvido falar deste lugar antes desta manhã", respondeu Baldry com tristeza. "Eu vinha pela estrada, quando por uma infelicidade avistei aquela porta aberta e sem ninguém por perto, e eu tinha recém-entrado e me servido de alguns petiscos quando surgiu este valente cavaleiro, trovejando à porta e soprando o chifre... Mas está tudo bem!", gritou o bobo com alegria, dando um pulo. "Ele nos protegerá! Venham, pequeninos, e vamos encontrar um bom lugar de onde observar tudo. Que venha o choque dos corcéis! Que venham as lanças se partindo! Oh, isso é fabuloso!"

"Bem, não tenho tanta certeza quanto a isso", disse Sir Percival sem muito ânimo. A essa altura ele havia conseguido colocar o elmo e mantê-lo preso e conduzia o seu cavalo pela porta na muralha externa. "Veja bem, não quero me aproveitar injustamente desse Gunthorn. É provável que esteja cansado da jornada e não há honra alguma em derrotar um homem que não esteja revigorado e animado. Não, esse seria um ato covarde!" O cavaleiro, de um modo desengonçado, tentava montar no cavalo.

"Mas, senhor cavaleiro", implorou Baldry de maneira lastimável, jogando-se na frente do outro, "por que estragar a diversão? Eis aqui meu querido amigo Gorbo, que adoraria assistir uma justa. E também estes pequeninos, veja seus rostos ansiosos! Vamos, senhor, eis o chifre que aqui pende. Um sopro e Gunthorn virá de pronto para lhe dar o que mais anseia!"

"Conheço meu ofício melhor do que você", disse Sir Percival com frieza. "Saia do caminho, rapaz, pois você não fará com que eu me aproveite de um homem fatigado... e agora você pôs tudo a perder!", gemeu ele, pois Baldry havia pegado o chifre e dado um sopro que fez com que os ecos ressoassem.

Um minuto depois, eles viram um homem se afastar do pequeno grupo de cavaleiros que se aproximava e disparar em direção ao castelo, empunhando o tipo mais longo de lança de uma maneira que evidenciava tanto força como destreza. Sir Percival resmungou algo que soou como uma praga (embora eu espere que não tenha sido) e, num esforço desesperado, conseguiu subir na sela. Ele seguiu em um galope desengonçado e barulhento em direção a um ponto sob as árvores, e Gorbo e Baldry e Sylvia e Joe e o cachorrinho partiram rapidamente na direção oposta.

40. AS AGRURAS DE BALDRY

Ouviram gritos distantes, como os de pessoas aborrecidas, o que naturalmente os encorajou a manterem um passo apertado. Gorbo e Baldry ajudavam as crianças com grandes saltos e pinotes, e logo estavam embrenhados na mata silenciosa, longe do risco de serem perseguidos. Lá descansaram em uma ribanceira musgosa e sossegaram durante algum tempo.

"Sabem, foi um belo de um café da manhã", disse Baldry, para começar bem a conversa.

"Sim, foi", concordou Gorbo. "Mas o que esse tal de Gunthorn dirá quando descobrir as liberdades que você tomou com o lugar?"

"Não sei. E outra coisa estranha a esse respeito é que não me importo. E o nome dele não é Gunthorn... pelo menos não acho que seja. Vejam bem, inventei o nome do nada."

"É um nome muito bom para um barão de mentira", disse Sylvia.

"É mesmo, não é?" Baldry ficou muitíssimo satisfeito com essa observação. "Soa tão cruel. Sou particularmente bom em inventar coisas."

"Fico feliz", disse Gorbo, "pois talvez você possa inventar um jeito de sair dessa confusão. Conhece o caminho para atravessar o rio?"

"Não, não conheço. E não conheço ninguém que conheça. E não conheço ninguém que conheça alguém que conheça. Queria conhecer, pois gostaria de ir com vocês e ver a Vida. É muito enfadonho por aqui; as pessoas não têm senso de humor. E isso torna as coisas tão difíceis para mim", disse com tristeza. "Sou sempre mal compreendido."

"Não faz mal, pobrezinho", disse Sylvia, que se afeiçoara bastante ao bobo.

"Esse mundo leviano", continuou Baldry, com um indício de lágrimas nos olhos, "crê que o trabalho de um bobo é só alegria; mas mal sabem eles que pode haver um coração dolorido debaixo do que devo chamar de jocosidade superficial."

Sylvia acariciou a mão de Baldry.

"Mas, por outro lado", continuou ele num tom mais animado, "pode não haver. Pelo menos no meu caso não há, embora ultimamente eu tenha tido um pouquinho de problema. Vejam bem, ontem mesmo eu era o Alto Bobo da Corte do Rei, e agora estou a vagar pela terra com apenas três amigos que me amam. Quatro, para ser exato, pois incluo este cachorrinho."

"Você foi mandado embora?", perguntou Joe.

"Não, não exatamente; corri rápido demais para isso. E, ainda assim", continuou Baldry, voltando ao tom melancólico, "era uma ideia fabulosa, uma que poderia ter agradado. Quem pensaria que o Rei seria tão obtuso? Mas isso é o que há de pior nos tiranos: nunca sabemos como eles vão receber as coisas."

"Conte-nos o que aconteceu e você se sentirá melhor", disse Gorbo.

"Bem, foi apenas uma ideiazinha que tive para animar a vida na corte, que possui uma tendência de às vezes se tornar enfadonha e sufocante. Vejam bem, é costume do Rei caminhar sozinho pelas ruas um dia antes do seu aniversário, a fim de aparecer para os súditos e mostrar que está disposto a desvencilhar-se do cerimonial do Estado e assim por diante. Também serve para lhes refrescar a memória no tocante aos presentes."

"O que ele faz?", perguntou Sylvia.

"Apenas se põe a caminhar, com a coroa na cabeça e os melhores trajes. E fala com algumas pessoas aqui e ali — de um modo digno, é claro —, dá tapinhas em cabeças de crianças e pergunta a idade destas às mães, se tiveram caxumba... e todo esse tipo de coisa."

"Ele parece ser um rei muito bom", observou Sylvia.

"Espere só", disse Baldry, sombrio. "Ele se preocupa com caxumba apenas uma vez por ano. Bem, continuando com minha infeliz história, pensei num plano para deixar a coisa toda mais interessante. Embora eu seja magro e jovem e não tenha barba, e embora o Rei seja de meia-idade e gordo e tenha uma barba comprida, estofei a roupa com palha, pintei o rosto e usei crina de cavalo como barba de tal maneira que, quando apareci nas vias públicas, com trajes de peles e brocados, não houve quem não achasse que o bobo da corte fosse o rei."

"Ora, parece que a ideia foi muito boa!", exclamou Gorbo.

"Oh, foi muito boa. Mas escutem. Em vez do costumeiro andar imponente de Sua Majestade, encetei uma dança animada, que eu mesmo inventara e que tinha chamado de 'O corço a cabriolar'. A dança é composta por diversos gestos extravagantes e passos

A MARAVILHOSA TERRA DOS SNERGS

ligeiros. Na mão direita eu levava um canecão; minha mão esquerda erguia meu manto para não atrapalhar as cabriolas. E assim, com gritos de alegria, passei aos pinotes por entre os cidadãos espantados."

"Eles riram?", perguntou Joe.

"Alguns dos mais perspicazes riram; mas a expressão geral era de estólido assombro. Redobrei meus esforços. De repente, ao completar uma série de saltos mortais de costas, encontrei-me face a face com o próprio Rei. Era o que havia em seu semblante que fez com que eu me virasse e fugisse, mas tropecei no meu manto e caí. Num segundo fui agarrado pelos guardas e mandado a uma masmorra."

"Que brutos!", exclamou Sylvia.

"Sim, Sylvia, isso é o que eles eram. E quando o carcereiro me contou que o Rei estava espumando e que mandara chamar o seu Alto Executor, pareceu-me ser o momento apropriado para cessar os meus serviços à corte, caso isso pudesse ser feito. Minha prisão ficava em uma torre que, por um golpe de sorte, tinha um cano de calha que passava do lado de fora da janela, então limpei todos os traços de minhas cores reais e escorreguei pelo cano. Cheguei ao chão apenas com os joelhos e os nós dos dedos raspados e fugi para longe. Melhor vagar pelo mundo gelado do que aguardar a vingança de um tirano. E aqui estou, sozinho com vocês, meus queridos, na floresta. E está muito bem."

"O Rei é muito cruel?", perguntou Sylvia, preocupada.

"Cruel! Minha nossa! No entanto, não entrarei em detalhes, pois isso apenas a assustaria e não seria de serventia alguma."

AS AGRURAS DE BALDRY

"Ficamos sabendo que as coisas estão bem ruins deste lado", disse Gorbo. "E Golithos disse o mesmo."

"Ah, sim, o querido e velho Golithos. Vocês me disseram que passaram uma noite com ele. Nunca o vi pessoalmente, mas pensei em lhe fazer uma visita."

"Pois não faça", disse Gorbo. "Ele o matará de tédio. E não há nada para comer por lá além daquilo que os coelhos comem."

"Então isso resolve a questão", disse Baldry. "Bem, para onde iremos?"

"É melhor tentarmos encontrar a Mãe Meldrum de alguma forma. Ela poderá nos dizer como voltar para casa."

"A querida e velha Mãe Meldrum!", exclamou Baldry. "Sim, vamos encontrá-la; ela vive em alguma parte da floresta sombria, que fica em algum lugar por aqui. Sempre quis conhecer aquela querida e velha senhora, e agora conseguirei!

"Ela é boa, então?", perguntou Sylvia, um tanto aliviada pelo entusiasmo do bobo.

"Bem, eu não iria tão longe. Ela é uma bruxa e famosa por arruinar plantações e prejudicar pessoas em geral, e ganha razoavelmente bem vendendo maldições e ninguém com um mínimo de bom senso chegaria perto dela. Mas ela pode ter pontos positivos. Vamos agora mesmo!"

"Olhe aqui, meu caro amigo", disse Gorbo, "está tudo muito bem para você e eu, mas e quanto a Sylvia e Joe? Fique aqui e cuide deles que eu irei vê-la. Não há necessidade de todos nós irmos."

"Não, Gorbo", gritou Sylvia, "nós vamos onde você for."

"É claro que vamos", disse Joe. "Além disso, será bem divertido encontrar uma bruxa de verdade."

"Esse é o meu jeito de ver a coisa", disse Baldry. "Divertido é a palavra certa. Venha, Joe, vamos atrás da floresta sombria. Aposto corrida com você até o topo daquela árvore."

O bobo correu até uma árvore enorme a pouca distância dali e Joe correu logo atrás. Num minuto os dois desapareceram entre as folhas. Então foram ouvidos gritos de felicidade que vinham lá do alto.

"É maravilhoso aqui em cima!", gritou Joe. "Ótimo para se balançar!"

"É a floresta sombria!", exclamou Baldry. "Milhas e mais milhas de floresta sombria. Oh, isso torna a vida realmente digna de se viver!" (Ele certamente parecia ser do tipo que se agradava com facilidade.) "Desça, Joe, vamos mostrar o caminho para eles."

Os dois desceram depressa e todos seguiram viagem até o ponto em que as árvores terminavam em uma grande extensão de relva que se erguia suavemente diante deles. E cerca de meia milha adiante havia outra floresta, que se estendia até onde podiam ver de ambos os lados. Sem dúvida era a floresta sombria, pois nada com a forma de uma floresta podia ser mais sombrio ou ter uma aparência mais sinistra.

41. A Floresta Sombria

Eles seguiram em frente e logo chegaram à orla das árvores umbrosas no outro lado, e então a questão, é claro, era sobre que caminho deveriam tomar. Gorbo era da opinião de que o melhor que podiam fazer era prosseguir o mais reto possível e manter os olhos abertos para qualquer coisa que se parecesse com a casa de uma bruxa, mas Baldry sugeriu que deveriam se sentar confortavelmente e gritar por Mãe Meldrum a intervalos e ver se ela apareceria. E considerando a imensa extensão da floresta sombria, as duas propostas me parecem ridículas.

A questão foi resolvida com o surgimento repentino de um homem que saiu caminhando da floresta. Ele vestia um colete e uma calça de lã e, em vez de chapéu, usava um capuz com uma capa, como nas gravuras dos tipos mais vis de pessoas medievais, e o homem levava na mão um pequeno pacote embrulhado com folhas. Pela expressão de seu rosto, julgaram que não era um homem bom. O estranho fitou-os por um momento e então falou irritado:

"Ah, sim, um homem não pode comprar uma praguinha sem que um bando de intrometidos o siga! Não vou usá-la em vocês, vou?"

"Esperamos coisas melhores de você, caríssimo", respondeu Baldry. "Tudo o que queremos é o caminho para a casa de Mãe Meldrum."

"Oh, então tudo que vocês têm de fazer é seguir esta pequena trilha." O homem parecia estar muito aliviado. "Mas ela está sem pragas; eu fiquei com a última. Vejam bem, tem havido uma certa procura por elas de uns tempos para cá."

"Só viemos por algumas bênçãos", disse Baldry, pegando Sylvia pela mão e correndo pela trilha, seguido pelos outros. Ouviram o homem gritar que, neste caso, eles estavam indo para a loja errada, mas não pararam para discutir a questão, e em poucos minutos já se encontravam sob a sombra de árvores altas e lúgubres que, a não ser por alguns vislumbres ocasionais, ocultavam o céu. Dos dois lados da trilha era possível ver uma água escura e pantanosa, mas o caminho era razoavelmente plano (indicando que os negócios de Mãe Meldrum iam bem) e eles avançavam com rapidez. Não havia pássaros ou animaizinhos graciosos nesse lugar horrível; porém, como logo perceberam, havia morcegos.

Comparados com esses, os morcegos das árvores retorcidas pareciam filhotinhos. Os desta floresta tinham mais de um metro e oitenta de envergadura de asas e bicos enormes, por onde saíam sons gorgolejantes. Sylvia, que gostava tanto de morcegos quanto de besouros pretos, puxou sobre os olhos o lenço que levava amarrado na cabeça (ela ainda usava esse pequeno ornamento capilar roubado) e estremeceu; contudo, era tarde demais para pensar em dar meia-volta agora, por mais que ela quisesse. Sylvia ficou debaixo do braço de Gorbo, e depois de algum tempo ela começou a se acostumar com as criaturas;

afinal, os morcegos apenas ficavam voando de um lado para o outro e gorgolejando, e não mordiam, o que é mais importante.

E assim, ao final da tarde, após uma jornada que foi muito cansativa para as crianças, eles chegaram a uma parte onde a floresta parecia um pouco menos densa e mais clara e não tão pantanosa. A trilha continuou por mais meia hora de viagem e então viram diante de si uma casa que sabiam que devia ser de Mãe Meldrum, mesmo porque somente uma bruxa escolheria tal lugar como lar.

42. A Casa de Mãe Meldrum

Havia um pequeno trecho de grama pisada em frente à casa, mas a construção era cercada atrás e nas laterais por árvores e densos arbustos. Era feita quase só de telhado — um telhado mal cuidado de sapê que em alguns pontos quase tocava o chão e que aqui e ali se erguia em empenas sobre janelinhas feias que pareciam olhos. Embora não fosse de modo algum uma casa grande, ainda assim dava a impressão de ter diversos quartinhos secretos e tortos, e possuía o que eu poderia chamar de uma aparência um tanto ruim. Não era possível imaginar pessoas bondosas e de lindos cabelos morando ali e fazendo boas ações para os pobres. A casa afetou Sylvia, que ficou um pouco para trás conforme se aproximavam da morada; e até mesmo Joe não se mostrava ansioso em entrar lá.

"Acho que seria melhor amarrar um destes lenços no Tigre", disse Sylvia. "Sir Percival disse que ela tinha gatos pretos, e se o Tigre correr atrás deles, Mãe Meldrum pode ficar brava.

"Sim, Sylvia", disse Gorbo. "É uma boa ideia. Devemos mantê-la de bom humor."

Assim, um lenço foi amarrado com cuidado no cachorrinho, que ficou apenas com o focinho de fora e foi carregado no colo por Sylvia. Então Baldry — que sugeriu que ele deveria ser o porta-voz devido ao seu célere intelecto — bateu na porta.

"Quem bate?", perguntou uma voz desagradável.

"Eu, boa senhora, Baldry, o Alto Bobo da Corte do Rei. E trago comigo o meu querido e velho amigo Gorbo e meus queridos amiguinhos, Sylvia e Joe, sem falar no seu cãozinho. E viemos de muito longe para lhe prestar os nossos cumprimentos."

"Puxe a corda do trinco e entrem", disse a voz.

Baldry fez como lhe fora dito e todos entraram num cômodo de tamanho considerável e de teto baixo que parecia uma cozinha. Havia uma velha alta de pé, junto à lareira, mexendo com uma colher numa panela. A mulher se virou e olhou para eles, e Sylvia soltou um gritinho ao ver o rosto da outra, que era realmente medonho.

"Eis-nos aqui mais uma vez!", exclamou Baldry, emendando um salto ligeiro e assumindo uma pose calculada para deixar todos de bom humor.

"O que você quer dizer com 'mais uma vez'?", perguntou a velha franzindo a testa. "Vocês nunca estiveram aqui antes."

"Bem, boa dama, quer dizer... bem, quer dizer que 'Eis-nos aqui e nos alegremos' ou palavras da mesma lavra. É uma expressão corriqueira entre os bobos", acrescentou meio sem jeito, pois a velha simplesmente se virou e continuou a mexer a colher.

"Então é isso que significa." A mulher provou

A CASA DE MÃE MELDRUM

calmamente uma colherada de sopa. "Entendo. E o Rei ri quando você diz isso?"

"Sim... às vezes."

"Ah! Ouvi dizer que ele não anda bem da cabeça", disse ela.

Essa foi uma recepção insatisfatória e os quatro não se sentiam à vontade de pé no meio da cozinha, com as costas da velha voltadas para eles enquanto continuava a mexer na panela. O lugar era muito escuro, pois havia apenas uma pequena janela numa extremidade, onde o sapê fazia sombra, e não havia muita luz do lado de fora por causa das árvores. Mas de vez em quando o fogo era avivado e eles viam de relance artigos que eram de se esperar que uma bruxa tivesse à mão: punhados de ervas que pareciam venenosas, um jacaré empalhado que pendia de uma viga etc. A pobre Sylvia não precisava ter se preocupado com Tigre indo atrás dos gatos da bruxa, pois a situação era inversa. Seis ou sete dos maiores e mais pretos gatos que já abanaram um rabo surgiram dos cantos e começaram a se esfregar na menina de tal modo que ela mal conseguia ficar de pé, e com um ronronar semelhante a roncos horríveis e com os olhos fixos no lenço que abrigava um Tigre trêmulo.

Após alguns minutos, a velha se virou e se sentou num banco e olhou para eles. "Foi você que gritou agora há pouco?", perguntou ela a Sylvia.

"S-sim, Sra. Meldrum", respondeu Sylvia em voz baixa.

"É melhor não fazer isso de novo. Bem, nenhum de vocês! O que vocês querem?"

"Só queremos saber como fazer, por favor, para voltar para o outro lado do rio, senhora", disse Gorbo com educação.

"Ah, vejo que é um Snerg. Como chegaram aqui?"

Gorbo fez um breve relato do resultado de sua patetice e Mãe Meldrum gargalhou.

"O que me darão se eu lhes contar?", perguntou ela depois de algum tempo.

Gorbo pegou o chifre com ponta de prata e o colocou na mesa. "Se este presentinho servir, Mãe..."

"O que mais?"

"Receio não ter mais nada com algum valor verdadeiro, Mãe. Mas Sylvia aqui possui um colarzinho de coral..."

"Vamos ver o seu colar, Sylvia", disse Mãe Meldrum.

Sylvia tirou o colar e o entregou a Gorbo, que o deu para a velha. Ela olhou com desdém para a peça e a atirou na mesa.

"O que mais?"

"É tudo o que temos, Mãe... fora as nossas roupas."

A bruxa deu uma olhada geral nas roupas de todos. Ela então esticou o braço para sentir o material do vestido de Sylvia entre os dedos. E aí torceu o nariz.

"Esses itens", disse ela, acenando com a cabeça para o chifre e o colar, "pagam apenas uma décima parte do que quero para lhes mostrar o caminho."

Um silêncio desagradável pairou sobre a cozinha por um tempo. Até mesmo Baldry parecia ter empregado sua disposição jovial no lugar errado. Embora tivesse manifestado o desejo de encontrar a bruxa, agora que tivera a oportunidade de fazê-lo ele não parecia estar gostando. A verdade é que ele foi desarmado pelo que é conhecida como a personalidade da velha senhora.
   "Faça-me rir", disse a bruxa, voltando-se de súbito para o bobo."

43. Mais Agruras para Baldry

"Hã... rir, boa senhora?", perguntou Baldry. "Oh, sim, é claro. A senhora gostaria..."

"Quero que me divirta", interrompeu ela, batendo com raiva na mesa. "É o seu trabalho, não? Não fique aí parado feito uma árvore e diga coisas engraçadas!"

"Farei o possível, madame", disse Baldry, animando-se. "Talvez algumas charadas hilárias lhe agradem. Sendo assim, diga-me a diferença entre uma groselha verde..."

"Não direi!", berrou Mãe Meldrum.

"Oh... a senhora gostaria, então, de uma canção espirituosa?"

"Nem um pouco."

"Oh... então, talvez... talvez uma história divertida lhe agrade."

"Vamos ouvir a sua história divertida", disse ela, depois de pensar por alguns instantes.

"Bem, então, boa senhora", disse Baldry, esforçando-se ainda mais, "certa vez havia um honesto coletor de impostos do Rei que..."

"Não acredito."

"Mas esse coletor era honesto", insistiu Baldry.

"Então por que você não me disse que ele era uma aberração? Continue."

"E esse coletor de impostos estava a caminho de casa depois de um dia de trabalho, montado em seu asno, quando encontrou três pedintes, que lhe pediram..."

"Bem, é isso que eles costumam fazer, não? O que há de engraçado nisso?"

"Não muito", respondeu Baldry. "Mas ficará melhor conforme eu for contando."

"Prossiga, então, o que está esperando?"

"E dessa forma, boa senhora, sendo caridoso assim como honesto, ele deu ao primeiro pedinte uma moeda, para o segundo, um pedaço de salsicha, e para o terceiro, uma pequena fatia de pão. Porém, o primeiro pedinte, que tivera uma refeição completa meia hora antes..."

"Perdoe-me por interrompê-lo", disse Mãe Meldrum, "mas acho que não tenho interesse em ouvir mais. Você disse que a história seria engraçada, não?"

"Costumam considerá-la como tal", respondeu Baldry, amuado.

"Para mim", disse a velha, "ela é tão engraçada quanto um ataque do fígado."

Aqueles que sabem por experiência — como confesso que eu sei — como é doloroso ver os seus esforços verbais serem recebidos com olhares ou sorrisos frios e sem consideração, nos quais a piedade espreita por trás de uma mera simulação de hilaridade, compreenderão como Baldry sofreu com essa grosseria por demais intencional. Ficou parado, olhando miseravelmente para aquela velha venenosa, magoado demais para perceber que Sylvia tentava consolá-lo, acariciando-lhe a mão. A profissão de Baldry era criar gargalhadas, espalhar o bom humor, deixar a mesa (nas horas das refeições) em polvorosa; e ainda assim ele estava vagando pelo mundo, um pária, devido ao fracasso de sua última troça com o Rei, e agora fracassara mais uma vez. Estaria ele perdendo seu poder de cativar? Era isso que o afligia.

44. Uma Mudança de Tom

Mãe Meldrum se levantou e voltou para a sua panela, deixando-os de pé, com Sylvia ainda rodeada de gatos pretos.

"Olhe aqui, Mãe", disse Gorbo, após um silêncio desconfortável, "Golithos me contou que você seria gentil o bastante para me dizer..."

"Golithos?" A velha voltou-se depressa para eles. "Quer dizer que vocês viram Golithos, hein?"

"Sim, Mãe, passamos uma noite na torre dele. Ele contou que você às vezes ia visitá-lo e disse para esperarmos por você lá."

"Então por que vocês foram embora?"

"Porque... bem, porque..." Gorbo sentiu que, se a bruxa estivesse em termos amigáveis com Golithos, talvez ela não recebesse muito bem a sua ideia de atravessar três flechas na cabeça do ogro.

Mãe Meldrum foi até o banco e se sentou, pensativa, lançando um olhar para Gorbo e em seguida para as crianças. De repente, ela soltou uma tremenda gargalhada que fez todos pularem. A bruxa então se levantou de um salto, deu alguns tapinhas no ombro de Sylvia e disse para que ela se sentasse.

"E vocês, sentem-se", prosseguiu a velha. "Por que estão todos de pé? Há bancos suficientes. Vocês também devem estar com fome, mas logo terei algo pronto para o jantar. Eu não gostaria que vocês fossem embora dizendo que a velha Mãe Meldrum não os alimentou da maneira apropriada.

Ainda que não compreendessem essa total mudança de comportamento (e quem compreenderia?), ela era muito bem-vinda. Gorbo colocou sua trouxa, o arco e as flechas num canto e pegou uma bacia de água para as crianças se lavarem. O Snerg, então, lavou o seu próprio pedaço de pente e o entregou para Sylvia, para que a menina arrumasse o cabelo, e quando ela terminou foi a vez de Joe usar o pente.

Conforme o conselho de Mãe Meldrum, Tigre foi colocado em uma cestinha grosseira e pendurado em um gancho no teto, e lá ele ficou gemendo um pouco enquanto os ferozes gatos pretos andavam de um lado para o outro e olhavam para cima com olhos verdes brilhantes e farejavam como se o cheiro do cachorrinho lhes agradasse.

45. JANTAR COM UMA BRUXA

Pouco depois, Mãe Meldrum começou a pôr pratos na mesa, e em cada prato ela colocou duas conchas cheias de lebre ensopada, com batatas, cenouras, ervilhas e cebolas, que tinham um cheiro delicioso, e disse para se fartarem. Uma jarra de vinho — de gosto um tanto amargo, mas não ruim — foi posta na mesa para os adultos, e as crianças puderam provar um pouco da bebida, diluída com água. Mãe Meldrum agora estava sendo bem amigável e atenciosa: quando Joe derramou um bocado de ensopado na mesa, a bruxa disse que não importava, que essas coisas aconteciam. O humor de Baldry melhorou com a boa comida e bebida e com a mudança agradável de temperamento, e o bobo contou duas histórias que foram bem recebidas por todos os presentes e Mãe Meldrum em particular achou muita graça.

Quando o jantar terminou, os restos foram dados para os gatos, que roíam e rosnavam como leões, e para Tigre, cuja ração lhe foi erguida até a cesta. As crianças se ofereceram para ajudar a lavar os pratos, e logo elas e Baldry estavam ocupadas do lado de fora com uma pequena bacia de água e alguns panos de cozinha, dando um lustro nos pratos e talheres.

"E agora vamos conversar", disse Mãe Meldrum para Gorbo. "Vocês querem voltar para o outro lado do rio. Muito bem, vou lhes dizer como. Além disso, vou querer apenas aquele chifre e aquele colarzinho furreca como pagamento."

"Oh, obrigado, Mãe!", exclamou Gorbo com gratidão.

"Gosto sempre de ajudar quando posso. Mas antes que eu possa fazer isso, você terá que me dar uma mão. Estou sem mandrágoras e vou precisar de seis ou oito para completar um feitiço, então você terá que ir colher algumas para mim hoje à noite, pois só é possível colhê-las quando a lua está brilhando. O lugar fica a umas duas milhas daqui."

"Vou lhe trazer uma pilha delas", disse Gorbo, que não sabia o que eram mandrágoras. "Apenas me mostre o lugar e..."

"Não tão rápido", disse a velha com rispidez. "Mandrágoras não crescem como jacintos. É provável que você tenha que passar a noite toda à procura delas. Veja bem, são raízes pequenas com o formato de pessoas, mas há a mandrágora verdadeira e a mandrágora falsa. Há cerca de dez mil das falsas para cada uma das outras.

"Oh! Então como vou saber a diferença, Mãe?", perguntou Gorbo.

"Quando as puxar. As verdadeiras gritam."

"Oh!", A ideia de passar uma noite sozinho à luz da lua nessa floresta miserável, puxando coisas que gritavam, não agradava, Gorbo. Mas não havia saída. "Muito bem, Mãe", disse ele. "E o que farei com Sylvia e Joe?"

"Eles podem ficar aqui comigo. O homem engraçado também pode ficar e cuidar deles. O seu trabalho é voltar de manhã com pelo menos seis belas e vigorosas mandrágoras. Elas crescem em um lugar bem pantanoso, mas isso não vai lhe incomodar. Se alguma coisa se aproximar e olhar para você, não se preocupe, mas não fale se puder evitar, pois é melhor ficar em silêncio."

"Que tipo de coisa?", perguntou Gorbo.

"Bem, principalmente coisas que se parecem com pessoas, só que com orelhas enormes e bocas cheias de baba. Ah, e leve uma vara com você, por causa dos morcegos. Normalmente são inofensivos, mas é sabido que podem morder quando não se está olhando, por estar andando curvado ou algo do tipo. Como já está anoitecendo, é melhor você se aprontar para partir agora, então eis uma cesta. Irei com você e lhe mostrarei o lugar."

Gorbo estremeceu e pegou a cesta, mas ele não parecia entusiasmado.

"Não me venha com esse olhar emburrado!", gritou a velha com uma súbita fúria. "Comporte-se desse jeito e eu não farei nada por vocês!"

"Não era minha intenção ficar emburrado, Mãe", disse Gorbo. "Irei agora mesmo. Você vai... vai cuidar das crianças, não é?" O coitado tinha dúvidas sobre deixá-las ali para passar a noite; Baldry e ele haviam jurado amizade, mas Gorbo não tinha confiança no poder do bobo para protegê-las. Mas parecia que realmente não havia saída.

"Assim está melhor", disse Mãe Meldrum. "Sim, vou cuidar muito bem delas. Venha comigo e vou lhe mostrar onde as crianças vão dormir; então você poderá se tranquilizar."

46. O Quarto de Hóspedes

A bruxa chamou os outros e então pegou uma vela e foi até uma porta no canto mais escuro da cozinha, que dava em uma escada estreita e esta, em uma passagem sombria acima. Havia duas ou três portinhas fechadas de cada lado da passagem, mas não havia janelas em lugar algum e eles tinham que ser cuidadosos ao caminhar, pois o assoalho era irregular e em determinado ponto havia dois degraus que subiam e em outro ponto, três que desciam. A passagem dobrava em um canto no final e havia outra porta que levava a outra escada estreita, e ao subi-la chegava-se a uma sala grande, repleta do que pareciam ser fardos de ervas que pendiam das vigas e com apenas uma janelinha no alto, perto do teto. Mãe Meldrum foi correndo até uma porta do outro lado da sala e a fechou e trancou, como se houvesse algo lá dentro que ela não quisesse que saísse, e em seguida levou-os até outra porta na ponta oposta e lhes disse para que entrassem.

Estavam agora em um quartinho, escuro como todas as outras partes dessa casa horrível, visto que possuía apenas uma janela pequena meio escondida por trepadeiras e sapê. Os únicos móveis no quarto eram uma cama de dossel e uma escadinha de dois degraus para subir na cama, de tão alta que era. Da janela só conseguiam avistar as copas escuras das árvores, que desapareciam no crepúsculo que avançava, e ver de relance a lua saindo de trás de uma nuvem de chuva.

Sylvia ficou parada, com Tigre em um dos braços e agarrando-se a Gorbo. Baldry, em dúvida, balançava sua vareta com a bexiga amarrada na ponta que, fora as roupas que usava, era o seu único pertence. Ninguém parecia animado, a não ser a velha Mãe Meldrum, que estava bastante contente.

"Agora, meus queridinhos, vocês podem ir direto para a cama", disse ela. "Há bastante luz da lua para que possam enxergar. Este homem engraçado pode ficar com uma cama na cozinha e o Snerg virá comigo para um passeio."

"Você vai nos deixar sozinhos, Gorbo?", perguntou Sylvia com um sussurro.

"Sim, Sylvia", respondeu ele, envolvendo a menina com os braços, "mas estarei de volta logo cedo. Veja bem, eu tenho que ajudar a Mãe Meldrum a conseguir algumas coisas que ela quer para nos ajudar a atravessar o rio e voltar para casa, então faça como ela disse e vá dormir."

"Ah, vamos logo com isso!", exclamou Mãe Meldrum, impaciente. "Não posso ficar aqui a noite toda. Já para a cama, vocês dois!"

Parecia que não havia mesmo mais nada a se fazer. Sylvia tirou os chinelos e olhou em volta para ver se havia algo parecido com uma camisola; mas não havia, e a velha soltou tamanho rosnado pela demora, que as crianças correram para a cama de imediato. Gorbo as cobriu com uma colcha de retalhos, beijou-as com tristeza e botou o cachorrinho nos pés da cama; e então saiu do quarto atrás dos outros.

"Aquela é a sua cama", disse Mãe Meldrum a Baldry, apontando para uma caixa grande com palha no canto da cozinha. "Aninhe-se e vá dormir. Sonhe com algumas coisas engraçadas para amanhã."

"Está cheia de gatos", disse Baldry, descontente, olhando para a caixa.

"Então tire-os de lá, seu pateta imprestável!", gritou Mãe Meldrum.

Baldry deu um longo suspiro e começou a remover os gatos. Todos rosnaram e lhe deram patadas, e um lhe deu uma bela mordida na ponta do polegar. Gorbo disse aos sussurros para o bobo que ficasse de olho nas crianças, e então pegou o seu arco e a cesta e saiu logo depois da velha.

47. O que Aconteceu Durante a Noite

Por mais estranho que pareça, as crianças caíram no sono quase que de imediato. Elas estavam cansadas da longa caminhada e a cama até que era confortável, e Joe, que, como eu disse, era sempre o verdadeiro otimista, consolara Sylvia dizendo coisas animadoras sobre como tudo estava indo bem, mesmo que aquela fosse uma casa hedionda.

Joe despertou assustado de um sono profundo. Tivera a impressão de ter ouvido uma pancada forte em algum lugar. O menino se sentou e olhou ao redor, imaginando onde estaria. Então se lembrou da forma da janelinha, que agora era atravessada pela luz do luar que caía sobre os cachos de Sylvia, que dormia tranquila ao seu lado, com o cachorrinho encostado em sua nuca encolhido feito uma bola. Joe deitou-se de novo e estava quase caindo em um sono delicioso quando ouviu outra pancada, e dessa vez o menino saiu da cama num pulo, pois havia uma sombra na janela e esta estava escancarada.

"Joe!", veio o chamado num sussurro. "Sou eu, o pobre e velho Baldry. Não faça nenhum barulho."

"O que há de errado?", sussurrou Joe, indo com cautela até a janela.

"Tudo. Acorde Sylvia e diga-lhe para vir em silêncio." Baldry estava escalando a janela com cuidado. "Temos que fugir rápido."

Joe era um menino ajuizado (de certo modo) e não perdeu tempo com perguntas, foi sacudir Sylvia cautelosamente e colocou a mão sobre a boca da menina e lhe disse aos sussurros que não falasse. Ela esfregou os olhos e olhou para Baldry. Foi aí que ela despertou por completo.

"Sim, Joe", disse ela, sem tremer muito, "vou me comportar." Sylvia pulou da cama e calçou os chinelos (havia elementos de grandeza assim como de coquetismo naquela criança). Baldry passou os braços em volta dos dois para que pudesse sussurrar o que tinha a dizer.

"Há um homem que voltou com Mãe Meldrum, um gigante, e eles estão conversando lá embaixo. E tenho certeza de que é Golithos."

"Essa não!", exclamou Joe com um sobressalto.

"Sim, é um homenzarrão com muito cabelo, suíças e uma caraça simplória, exatamente como vocês me contaram. Eles entraram por alguma porta dos fundos, imagino que para não me acordar, e sentaram-se para conversar num quarto dos fundos. Então fui sorrateiro até lá e olhei por uma frestinha e o vi muito bem, Joe. Uma visão medonha. E a bruxa estava furiosa com ele, chamou-o de paquiderme covarde e disse que, se ele não fizesse, não daria sequer uma mordida neles."

"O que ela queria dizer com isso?", perguntou Joe.

"Bem, não sei o que a bruxa queria que ele fizesse. Mas quanto à mordida, Joe, acho que ela estava falando de você e Sylvia."

"Vamos dar no pé!", exclamou Joe.

Em um minuto ou dois, eles já tinham rasgado os lençóis em longas tiras e amarrado umas nas outras, e Sylvia foi amarrada com esta corda providencial debaixo dos braços e foi abaixada gentilmente pela janela, segurando Tigre junto a si. Enquanto isso, Joe desceu por uma grande trepadeira que crescera contra a parede e que Baldry usara para subir até o quarto das crianças. Tão logo Joe tocou no chão, as pernas coloridas de Baldry apareceram na janela, e no minuto seguinte ele já estava lá embaixo ao lado das crianças.

"Venham", disse o bobo, agarrando uma mão de cada criança e correndo com eles para as árvores, "creio que há luar suficiente para encontrar o caminho. De qualquer modo, temos que ir logo para algum outro lugar."

"Mas e quanto a Gorbo?", perguntou Joe, parando de repente. "O que ele dirá quando descobrir que sumimos?"

"Sim, não podemos deixar Gorbo para trás", disse Sylvia. "Oh, o que vamos fazer?"

"Nós temos que ir", disse Baldry. "Golithos veio atrás de vocês, isso é óbvio. E receio que não sou muito útil em uma luta; só tenho minha varetinha com a bexiga. Mas Gorbo é um homenzinho forte que pode se virar em uma luta, além de ter um arco e flechas. Ele vai conseguir se cuidar muito bem sozinho, e quando descobrir que fugimos virá atrás de nós, podem ter certeza disso. Vamos sair da floresta e nos esconder perto da borda e esperar que ele apareça."

A ideia pareceu bastante sensata e eles saíram correndo de novo. E, embora a luz do luar bastasse para iluminar o caminho, havia trechos longos que eram bem escuros, e Baldry mais de uma vez teve que ir tateando à frente das crianças. Avançavam devagar, por vezes correndo um pouco, mas o que mais faziam era se arrastar, sem deixar de pensar que a qualquer momento poderiam ouvir aquela dupla horrível no seu encalço e lhes gritando que parassem; e vê-se que menina corajosa era Sylvia, que permaneceu sem soltar um único murmúrio, ainda que o coração lhe pesasse de medo.

O luar por fim começou a dar lugar à luz cinzenta da aurora e eles foram tomados de alegria e gratidão, pois coisas que são terríveis à noite parecem quase inofensivas quando chega o dia. E, embora a luz ainda fosse muito fraca, eles conseguiram seguir com mais facilidade pelo caminho: por mais brilhante que seja o luar, ele cria sombras escuras, mas a luz do dia ilumina a tudo por trás.

"Você acha que eles virão atrás de nós?", perguntou Joe. Com o pouquinho de luz e o tanto a mais de velocidade com que agora seguiam, o menino sentia que o assunto era no mínimo suportável.

"Não", respondeu Baldry, "creio que ainda não. A velha Mãe Meldrum está ocupada demais tagarelando e Golithos está ocupado demais comendo."

"O que ele está comendo?", perguntou Joe, tomado por um pensamento súbito. "Salada?"

"Não, Joe, havia vários ossos grandes de gado em seu saco, que ele mordia com força enquanto escutava aquela velha perversa."

"Oh, ele matou aquela vaquinha!", gritou Sylvia. E, embora ela tivesse suportado todos os horrores com tamanha bravura, a menina desandou a chorar diante do destino do paciente animal que lhes fora tão amigável e lhes fornecera leite quando mais precisavam.

48. O CAMINHO VERDE

Quando por fim chegaram aos limites da floresta sombria, o sol já se encontrava acima das copas das árvores e tudo parecia deliciosamente brilhante e animador. Eles atravessaram correndo a ampla extensão de relva que os separava da floresta de aparência amigável no outro lado, e em pouco tempo já descansavam num local cálido próximo a alguns carvalhos, longe da casa medonha e da mata assombrada.

Baldry disse que era melhor ficarem exatamente onde estavam e prestarem atenção na chegada de Gorbo, que certamente iria atrás deles tão logo retornasse e descobrisse que haviam sumido. É claro que, caso Golithos ou a velha bruxa surgissem primeiro, seria necessário esconderem-se por perto, e o bobo olhou ao redor e encontrou um ótimo lugar, no meio de uma moita de samambaias, onde cinquenta pessoas podiam se esconder com segurança e para onde podiam correr a qualquer momento.

Porém, agora que estavam com as cabeças até certo ponto descansadas, a conversa se voltou para coisas de comer e beber; não há nada como exercício e medo para abrir o apetite de uma pessoa. Sylvia falou em como seria bom tomar uma xícara de chá quente com bastante leite, e Baldry, que pertencia a épocas medievais e, portanto, não tinha conhecimento de chá, perguntou se a bebida se parecia com cerveja quente com especiarias. Isso fez com que falassem de presunto quente, ovos cozidos de diversas maneiras e torradas com manteiga. E o resultado foi que ficaram famintos.

Baldry estava pensando com afinco sobre como arranjar o café da manhã quando de repente ouviram sons de metal retinindo e cascos de cavalos. Ao olharem em volta, avistaram uma cavalgada de dez ou doze soldados, que vinham pelo caminho verde com muita pompa, aço brilhando e o trotear de belos cavalos. Baldry fitou-os com seriedade e então soltou uma gargalhada satisfeita.

"Esses sujeitos", disse ele ("sujeitos" não é a palavra que ele usou, é claro, mas é o mais próximo que consigo chegar numa tradução), "são os mesmos que cavalgaram até o castelo ontem e espantaram o caro Percy. Mas eles não nos viram, pois fugimos bem depressa, de modo que acho que é melhor vermos se eles podem nos dar algo para comer. Soldados costumam levar comida consigo — peixe frito frio e salsicha e coisas do tipo — e costumam estar bem-dispostos em uma bela manhã. E se nos derem algumas moedas em vez de comida, podemos comprar o café da manhã em algum lugar... caso haja uma casa por essas paragens agrestes."

"Muito bem", disse Joe, levantando-se. "Venha, Sylvia."

"Não, esperem um pouco", disse Baldry, "precisamos nos preparar. Para que tenhamos sucesso, temos que apelar a eles de uma maneira surpreendente. Já sei! Você vai primeiro, Joe, dando cambalhotas; isso fará com que eles parem e fiquem intrigados. Então você vai logo depois, Sylvia, e faz uma mesura e sorri para eles; isso os deixará de bom humor. Então eu apareço andando sobre minhas mãos, e isso será a chave de ouro e deverá fazer com que abram a guarda na mesma hora. Mas, antes, vamos nos arrumar."

As crianças ficaram muito interessadas e Sylvia lhe perguntou se tinha um pente. Mas ele não tinha, então a menina afofou os cachos com os dedos e se ajoelhou junto a uma poça que havia por perto para certificar-se de que estava encantadora. (Ela era filha de sua mãe, sem dúvida alguma.) Joe colocou a camisa para dentro e apertou o cinto, e Baldry praticou uma expressão de júbilo cativante.

Os cavaleiros se aproximavam devagar e os três puderam ver o rosto do líder, uma pessoa que aparentava ser competente e cuja armadura polida, que era do tamanho exato, e esporas douradas evidenciavam tratar-se de um cavaleiro que se encontrava em uma próspera linha de trabalho. Andava com a viseira erguida, conversando com um homem cujas esporas simples de aço e armadura sem ornamentos indicavam que ele ainda era apenas um escudeiro. No silêncio da manhã, as vozes desses homens chegavam com clareza até o pequeno grupo, que aguardava.

"Em verdade, meu bom Baldwin", dizia o cavaleiro, "há agora poucas oportunidades de aventuras honradas nesta terra. Contudo, ontem pela manhã tinha eu esperanças de bater-me com o ignóbil Sir Percival, que ousou deitar os seus olhos de lagosta em minha dama e em verdade jactar-se de ter sido por ela enviado em busca de razões para agraciar-lhe o nome. Porém, o biltre pestilento fugiu e minhas esperanças foram despedaçadas — o que é uma pena, pois é o que eu pretendia fazer com ele."

"Bem, meu senhor", disse o escudeiro, "é possível que Lady Ermyntrude tenha apenas dito para que ele fosse atrás de si próprio. Pelo menos é o que corria à boca miúda entre os serviçais."

"Minha dama é assaz espirituosa e quiçá tenha formulado sua resposta de tal forma que o patife interpretou-a de modo a causar-lhe a própria ruína... ou, no mínimo, uma terrível perda de tempo. Mas que pantomima temos aqui, meu bom Baldwin?"

Era Joe, dando cambalhotas; o lider, então, refreou o cavalo e fitou o menino. Joe saltou e abraçou a perna metálica do cavaleiro, como Baldry lhe dissera para fazer, e pediu em alto e bom som por caridade.

"Solte minha perna esquerda, menino arteiro!", gritou o líder. "Quem lhe disse para se comportar assim? Mas quem mais temos aqui?"

Essa era Sylvia, que apareceu saltitando e fez uma graciosa mesura, sorrindo de modo esplêndido para o cavaleiro.

"Pelo punho de minha espada, que moçoila encantadora! Não acha, Baldwin?"

"Sim, meu senhor, ela possui cabelos que lembram milho maduro e lindos olhos azuis, e suas bochechas são como pétalas de rosa pela manhã. Uma bela donzela... e atrevida, tenho certeza."

"Tolinho!", exclamou Sylvia, fazendo-se de envergonhada. "Não acredito em você." (Esse tipo de comportamento lhe era natural).

"Não, mocinha", disse o líder, sorrindo com bom humor, "por sua bela figura tenho aqui uma moeda de prata"; ele retirou a manopla e tentou pegar a moeda em um bolsinho de metal no seu coxote ou armadura da coxa, um bolsinho singular se fechava com uma mola. "Eu sei que tinha uma moeda em algum lugar... Ah, aqui está!" Ele se abaixou e colocou a moeda na palma da mão de Sylvia e lhe acariciou a bochecha. "E se vocês estão com fome, meu bom escudeiro tem metade de um capão gordo que conseguiu... mas quem mais temos aqui?"

Quem mais eles tinham obviamente era Baldry, que surgiu andando de cabeça para baixo e cantando "Quando os bosques verdejam e os pássaros gorjeiam", um feito realmente difícil antes do café da manhã, diga-se de passagem. Quando ficou de frente para o cavaleiro, Baldry endireitou-se com um salto lépido... e então olhou horrorizado para o homem sobre o cavalo.

"Patife ignóbil!", bradou o cavaleiro, agarrando Baldry pela gola com um aperto de ferro. "Por fim te pegamos, tu, que ousaste praticar troça tão escandalosa contra Sua Majestade! Prendam este biltre e não o soltem até que esteja seguro na masmorra real."

49.
PRISIONEIROS

Palavras não podem descrever o espanto e a confusão mental de Joe e Sylvia diante desse revés infeliz, ou eu com certeza tentaria descrevê-los. As súplicas para que fosse permitido a Baldry permanecer com os dois não tiveram uma resposta satisfatória do líder, e quando as crianças reclamaram da conduta do cavaleiro por lhes privar de seu companheiro e protetor e deixá-las sozinhas na floresta, ele apenas disse que toda essa conversa era desnecessária, pois os dois também iriam junto. Não me deterei muito na indignação das crianças frente a essa nova tirania; sobre como Joe, ao primeiro rompante, chamou o cavaleiro de "Desalmado!", ou como Sylvia lhe acariciou a manopla e implorou para que não fosse um bruto. Basta dizer que tudo isso foi em vão e que os dois foram erguidos e cada um foi colocado na frente de um soldado robusto, enquanto mandaram Baldry montar em um cavalo extra que levavam consigo.

É estranho, mas agora que Baldry havia sido capturado e não havia como escapar, ele aceitou a situação de maneira mais filosófica do que se poderia esperar. Montou no cavalo como lhe mandaram, clamando em voz alta para que todos fossem testemunhas de que ele o assim fazia sob protesto, e sentou-se voltado para o rabo; e quando o escudeiro, Baldwin, o repreendeu severamente por sua tolice, o bobo se desculpou com termos tão irônicos que os soldados se viram obrigados a virar os rostos para esconder um sorriso. Encorajado por isso, Baldry começou a cantar em voz alta, mas então o cavaleiro interveio e ordenou que o amordaçassem com um lenço. Em seguida se posicionou à frente de seus homens, deu uma ordem e a tropa deu meia-volta e retornou pelo caminho verde.

Que triste resultado da tolice e desobediência das crianças serem levadas para longe de seu fiel amigo Gorbo para se tornarem prisioneiras de um Rei com fama de cruel.

E enquanto a tropa se distanciava, dois a dois, a velha Mãe Meldrum, que parara sem fôlego na borda da floresta sombria, lançava-lhe um olhar cheio de raiva, resmungando pragas terríveis.

PARTE III

50. Os Acontecimentos do Outro Lado do Rio

Será bom retornar a essa altura da narrativa para a Terra dos Snergs e observar o que faziam o Rei Merse II e o seu amigo Vanderdecken.

Durante a reunião, chegaram à conclusão de que as crianças e Gorbo, por alguma estranha casualidade, deviam ter ido parar do outro lado do rio e estariam vagando pelo país desconhecido que se encontrava por lá, onde nem mesmo um Snerg penetrara ou, a propósito, sequer quisera penetrar. Portanto, a única coisa a se fazer era elaborar um meio de segui-los até lá em grande número e resgatá-los, embora ninguém soubesse dizer de que perigos seriam resgatados.

Vanderdecken ponderara com cuidado sobre a questão e perguntou, já que o rio devia alcançar o mar em algum ponto, se podiam seguir pela costa e atravessá-lo na foz. O Rei Merse, porém, disse que não só o ponto onde o rio encontrava o mar ficava longe, como a região até lá era repleta de despenhadeiros e penhascos inacessíveis ou de selvas cerradas e indômitas que se estendiam até o litoral (tomado por areias movediças) e que levaria uma semana de viagem árdua para cobrir meio caminho — isto é, até a parte em que a jornada começava a ficar realmente difícil —, o que fez a sugestão ser desconsiderada.

Vanderdecken perguntou então se havia algum trecho estreito do rio, e o Rei disse que havia um ponto, a cerca de uma légua da cidade, onde a distância entre os penhascos não era muito grande. Contudo, em compensação, eram muito altos e mais do que escarpados, pois se curvavam sobre o rio, que corria com ímpeto numa escuridão quase completa, tamanha era a altura dos penhascos até a água. A não ser que se voasse, disse o Rei, não havia como passar por ali.

Mas Vanderdecken pediu-lhe que mostrasse em passos a distância que imaginava haver até o outro lado e, feito isso, o holandês balançou a cabeça satisfeito. Perguntou se havia árvores do outro lado e, ao ficar sabendo que havia muitas árvores dos dois lados, que cresciam até a borda dos penhascos, disse que "Será como beber aguardente" e (lembrado pelas próprias palavras) levou o Rei para beber um pouco. Após mais algumas deliberações, o holandês combinou de encontrar o Rei na cidade na manhã seguinte, como já relatei.

51. A Engenhosidade de Vanderdecken

Além das armas e dos pertences, os holandeses levaram consigo alguns equipamentos do navio. Eis o que havia na lista:

1 corda longa e grossa (adriça de reserva da vela da gávea)
1 rolo de corda fina
1 âncora pequena (pertencente ao escaler)
1 barra de ferro resistente (manivela de reserva da bomba do convés)
1 rede de corda resistente (usada para retirar a carga do porão do navio)
2 serras
3 machados
4 enxós
1 verruma de duas polegadas
1 martelo grande
1 saco de pregos e outras miudezas

Ao chegar à parte estreita do rio, Vanderdecken caminhou de um lado para o outro com o imediato, prestando atenção a todos os detalhes. Por fim, parou e disse: "É aqui que vamos colocar as mãos à obra."

O penhasco do outro lado não ficava muito longe (possivelmente cerca de sessenta e cinco jardas) e havia muitas árvores ao redor, próximas da borda, como dissera o Rei. Lá embaixo era possível vislumbrar o branco da espuma da correnteza que seguia em meio à escuridão.

Uma árvore alta e nova, de natureza flexível, foi derrubada e os galhos, podados. Cortaram-se então dois lados até que a árvore ficou parecendo uma tábua grossa e muito longa; os Snergs trabalhavam com grande furor e o ar ficou repleto de lascas de madeira. Então eles...

Não, pensando bem, acho melhor não fornecer uma descrição detalhada do engenho criado por Vanderdecken. Seria transformar a narrativa de uma aventura (com uma moral) em um tratado barato de mecânica. Basta dizer que, com grande empenho de todas as mãos, o holandês criou uma bela imitação de uma balista romana, que era tão útil para persuadir povos sitiados a serem razoáveis arremessando toneladas de pedras sobre eles. Vê-se aí a vantagem de uma educação clássica.

Em vez de pedras, Vanderdecken ia arremessar a âncora, amarrada com a corda devidamente enrolada, para o outro lado do rio. A outra ponta da corda estava amarrada a uma árvore, e era preciso apenas cortar outra corda que funcionava como o gatilho desse aparato mortal.

52. Como Eles Atravessaram o Rio

Vanderdecken inspecionou com cuidado o mecanismo já pronto e, após pedir a alguns Snergs entusiasmados que se afastassem um pouco, desembainhou o cutelo. Um golpe certeiro e a corda se rompeu, ocorreu um tremor considerável que derrubou alguns dos Snergs mais leves, e a âncora voou por sobre o rio como um pássaro desengonçado, com a corda desenrolando-se no ar logo atrás, e atingiu as árvores do outro lado. Os Snergs comemoraram, mas os holandeses, fleumáticos como eram, contiveram-se. Estes agarraram a corda e a puxaram. Num segundo mais outros doze pares de mãos a seguravam e puxavam com vontade ao som de *Quinze homens*. A corda se retesou... e então escapou. Puxaram de novo e a corda voltou a retesar — escapou mais uma vez e tornou a retesar. E dessa vez permaneceu tesa, pois todas as mãos estavam puxando e a corda estava rígida como um bastão. Foi passada com destreza em volta de uma árvore e amarrada com firmeza, e em seguida um Snerg já se pendurava nela e atravessava o abismo com rapidez.

Ele desapareceu em meio à folhagem (o primeiro Snerg a chegar do outro lado; ele recebeu uma condecoração pelo feito). Surgiu correndo um minuto depois até a beira do penhasco e gritou que estava tudo bem; a âncora estava bem presa, com cada uma das patas em volta de

um pequeno, mas suficiente tronco de árvore. O trabalho estava concluído. Era uma rota para a terra desconhecida boa o bastante para marinheiros, e mais do que boa para Snergs, que conseguem subir nas coisas como gatos assustados.

Vanderdecken mostrou-se satisfeito com o resultado bem-sucedido, pois se o truque da âncora tivesse falhado, seria necessário forrar um Snerg com bastante palha e arremessá-lo para o outro lado preso a uma linha, de modo que pudesse puxar a corda por meio dela quando aterrissasse. Esse capitão possuía uma boa dose de engenho e determinação.

Estava ficando tarde, pois a construção do aparelho ocupara boa parte do dia, e não havia tempo a perder para que todos atravessassem antes que caísse a noite. A corda era tão grossa quanto um cabo de vassoura de bom tamanho, de maneira que ficou decidido que teriam de atravessar a uma boa distância uns dos outros, para não forçar demais a corda, mas que teriam de se mover com rapidez. Vanderdecken e o Rei foram primeiro e depois os outros — trinta e três marinheiros holandeses e duzentos e um Snergs (o Snerg adicional era o corneteiro) —, cada um carregando suas armas e equipamentos amarrados junto ao corpo, pois a posição durante a travessia era obviamente de cabeça para baixo, pendurado pelas pernas e mãos, e estava bastante escuro antes do último atravessar. Em pouco tempo fogueiras já ardiam e cada homem preparou sua cama, feita de samambaias cortadas. Sentinelas foram postadas de maneira ordenada, elmos e peitorais de aço sendo compulsórios. E assim, depois de um jantar apressado, foram dormir.

53.
BOTA–SELA

O título do capítulo não é muito preciso, pois, embora tivessem botas, não tinham selas, mas significa que se puseram em marcha. A corneta soou uma hora antes da alvorada, e quando o dia por fim nasceu já haviam tomado café da manhã e estavam prontos. O Rei Merse, que tinha algo dos talentos de Napoleão, deixou instruções detalhadas com um grupo de cinquenta Snergs que passara a noite no lado Snerg do rio. Iriam se dividir em dois grupos, um para cada lado, e o grupo do lado do inimigo cavaria uma trincheira funda e semicircular e levantaria uma muralha alta e semicircular para defender o local onde a corda estava ancorada. Os grupos trocariam de lugar a cada três dias. E até que vissem a Força Expedicionária retornar, enviariam diariamente um mensageiro até a cidade para dizer que estava tudo bem — ou seja, que até então nada acontecera — e essa mensagem seria encaminhada para a Srta. Watkyns por um mensageiro especial. É de fato terrível pensar que todo esse rebuliço havia sido causado pela tolice e desobediência de dois pestinhas como Joe e Sylvia.

A Força Expedicionária partiu na direção de uma elevação, de onde poderia fazer o reconhecimento da região. Quatro Snergs ágeis foram um quarto de milha à frente, e atrás vinha o grosso das tropas, de quatro em quatro, liderado por Vanderdecken e o Rei. O primeiro calçava botas largas, cujas bordas dos canos pareciam baldes, e um chapéu náutico de pele, e levava um mosquete longo de aparência mortífera. O segundo vestia uma couraça ornamentada, elmo de aço e levava uma espada de ofício. Tinha na mão um machado de guerra de dois gumes e no geral aparentava ser muito capaz para o seu tamanho. Os Snergs que ficaram para trás observaram a Força Expedicionária marchar para a terra desconhecida, até que as árvores lhes ocultaram a visão e nada mais podiam ver, e mesmo as pisadas fortes das botas dos holandeses acabaram por desaparecer.

54. A Marcha do Primeiro Dia

A tarde já chegava ao fim quando a Força Expedicionária se deteve no topo de uma colina e inspecionou com interesse algumas torres que se encontravam não muito longe dali. Era o primeiro sinal de habitação com que se deparavam naquela marcha longa e árdua.

A inspeção preliminar da região durante a manhã lhes revelou apenas planícies com poucas elevações, pontilhadas pelas ocasionais florestas cerradas, que pareciam desabitadas, de modo que decidiram na moeda que caminho tomar. Vanderdecken disse que, visto que não sabiam qual era o curso apropriado a se seguir, era melhor escolher um e permanecer nele, mesmo que lhes afastasse dos que estavam perdidos; o mesmo poderia ser dito sobre qualquer curso, e eles tinham que ir para algum lugar. Escolheram ir então para sudoeste por oeste e marcharam nessa direção durante horas, admirando-se com a estranha ausência de nativos, estradas ou casas. Tampouco havia sinais de dragões ou de unicórnios ou de outros animais ferozes que, segundo rumores, habitavam a terra além do rio. A coisa mais feroz que avistaram foi um coelho enorme, com garras; e tudo o que o animal fez foi lhes olhar com uma cara de poucos amigos e fugir.

O curso foi mudado depois do descanso do meio--dia e a Força Expedicionária seguiu para sudeste por sul, após Vanderdecken opinar que, já que não haviam encontrado nada para lhes guiar na busca, seria melhor seguir em cruzeiro, que significa ir em zigue-zague. E assim acabaram chegando ao topo da colina e avistaram ao longe as torres, nas profundezas da mata ondulante. Tomaram aquela direção e foram colina abaixo e por entre as árvores, e após uma marcha de duas horas chegaram à mesma pequena fortaleza na qual, dois dias antes, os viajantes que procuravam ficaram muitíssimo à vontade.

55. Mais uma Vez o Castelo Misterioso

O Rei Merse não era de contar com a sorte. Ele enviou Snergs à frente em duplas, como defendem os militaristas, e o grosso das tropas vinha atrás. Os batedores relataram que o castelo, embora de aparência próspera, não parecia ser cenário de atividades. Com exceção da fumaça que saía do que imaginavam (e esperavam) ser a chaminé de uma cozinha, não havia sinal de vida no lugar.

Os holandeses endireitaram os mosquetes e os Snergs prepararam os arcos, e todos se aproximaram e pararam diante do portão na muralha externa; o Rei Merse então ordenou que seu corneteiro soprasse o chifre que se encontrava pendurado.

Posso mencionar que fora decidido que, para poupar tempo e mantimentos, aquela terra devia ser tratada como um país inimigo até que se provasse o contrário.

O corneteiro soprou (com habilidade) o equivalente Snerg de "Venham para a porta da cozinha" e, após um breve intervalo, um rosto apareceu no alto da muralha. Era um rosto gordo e pomposo, que causou uma antipatia instintiva nos presentes, ainda que talvez um pouco insensata.

"O que querem, meus senhores?", perguntou o rosto, lançando-lhes um olhar de desprezo.

"Levaria muito tempo para lhe dizer o que queremos", respondeu o Rei Merse, "mas neste momento queremos entrar e comer. Mais tarde lhe contaremos o resto."

"Isso talvez não seja possível", disse o homem, "pois meu senhor não se encontra e deixou-me ordens expressas de não permitir a entrada de ninguém, a não ser a negócios."

"Mas comer é um belo de um negócio", respondeu o Rei. "Vamos, meu bom homem, não nos deixe esperando."

"Receio que terão de comer em outro lugar", disse o homem. "Este castelo parece estar ficando popular demais entre vagabundos. Há apenas dois dias, alguns biltres ignóbeis aqui entraram durante minha ausência temporária e comeram inúmeros ovos e um presunto e deixaram a louça para que eu lavasse. Portanto, estejam avisados e vão embora, antes que eu fique irritado."

O Rei Merse, que não era do tipo de perder tempo com conversas inúteis, virou-se para os Snergs.

"Ponham esta porta abaixo", disse ele.

"Não, se são tão audaciosos", gritou o homem com uma súbita mudança de tom, "posso lhes abrir a porta. Mas aviso que o meu senhor é de uma ira terrível."

A porta se abriu e surgiu uma pessoa robusta, trajando uma bata longa, uma corrente no pescoço e levando na mão um cajado de ofício, que era evidente ser o mordomo do castelo. "Sim, terrível", continuou o homem. "Se ele voltar e encontrar vocês aqui... ah, bem, se não querem escutar, não escutem." Terminou mal-humorado o que estava falando, pois o Rei e

Vanderdecken já iam à frente dos seus homens em direção aos largos degraus de pedra que levavam à porta principal da construção, que se encontrava aberta.

Lá dentro se depararam com um salão espaçoso mobiliado com mesas compridas e bancos longos, e sobre um tablado elevado ao fundo havia uma mesa de acabamento superior e vários assentos entalhados.

"E agora, meu bom homem", disse o Rei, após remover o elmo de aço e sentar-se, ficando à vontade, "a quem pertence este castelo?"

"Ao ilustre Sir Bevis, Senhor das Comarcas do Rei", respondeu o mordomo, que fora atrás do Rei Merse e que agora parecia achar ser este um caso que demandava prudência. "Ele protege esta terra contra um possível ataque dos ferozes e cruéis Snergs, que vivem do outro lado do rio profundo. E agora devo perguntar quem são vocês e por que..."

"E agora me diga se viu ou ouviu falar de duas crianças vagando por estas paragens. As crianças deviam estar com um homem mais ou menos do meu tamanho."

"Não vi anão algum... quero dizer, nenhum cavalheiro do seu tamanho. Mas vi duas crianças hoje de manhã."

"Onde?", perguntou o Rei com veemência, levantando-se.

"Na floresta, colhendo frutinhas. Mas talvez não seja apropriado chamá-los de crianças, pois o mais jovem tem dezesseis anos e é um rapaz robusto para a idade, e o outro é uns dois anos mais velho e tem uma barba rala. São filhos do meu conhecido Hugh, o moleiro, e ambos vadios desocupados, como várias vezes já disse a Hugh e o aconselhei a fazer uso do que as varas têm de melhor, pois se uma criança..."

"Esqueça-os", interrompeu o Rei, tornando a sentar. "Agora, bom homem, diga-me onde vive aquele que o governa e o quão longe é daqui."

"Sua Majestade, o Rei Kul vive (como todos os homens deveriam saber) em Banrive, que fica a um dia de marcha daqui. E agora devo insistir..."

"Então esta noite descansaremos aqui e partiremos nesse um dia de marcha pelo amanhecer. Enquanto isso, comeremos."

"Não, prezado senhor, isso eu não posso permitir. Se o meu senhor..."

"Precisaremos", interrompeu o Rei, "de algo bem carnoso (como porco) para começar. E como feijão vai bem com porco, que também haja feijão."

"E cerveja", sugeriu Vanderdecken.

"E cerveja, é claro. Cuide então dos preparativos, pois queremos comer logo e repousar. E falando em repousar, onde ficam os aposentos do seu senhor?"

"Ficam aqui", disse o mordomo, abrindo uma porta por onde se via um amplo quarto com duas camas de dossel. "Mas receio que não posso permitir que usem as melhores camas do meu senhor, pois se..."

"Você fica com aquela", disse o Rei para Vander-decken, apontando para a cama maior. "Parece bem confortável."

"Não", respondeu Vanderdecken com educação, "fique o senhor com ela."

"Eu gostaria muito que você ficasse com ela", disse o Rei.

"Vamos decidir na moeda", sugeriu Vanderdecken, tirando uma peça de oito do bolso. "Morte súbita."

"Cara!", exclamou o Rei.

"Coroa", disse Vanderdecken, mostrando a moeda. "Desculpe, meu caro." O holandês subiu na cama (ainda calçando as botas) para ver o que achava. "Muito boa. Vamos mesmo ter uma boa noite de sono."

Os dois retornaram aos seus homens e organizaram as tarefas. Alguns foram juntar palha para usarem de cama, outros foram até a cozinha e, instruídos pelo cozinheiro de Vanderdecken (cuja sopa era a causa de todas essas aventuras), prepararam uma bela refeição (o pastelão marinho do cozinheiro era muito bom) e, para acompanhá-la, esvaziaram diversos barris de cerveja forte. O mordomo os seguia de um lado para o outro com uma pena, um tinteiro e um pedaço de pergaminho, anotando ao lado de cada item que era usado o que considerava serem os valores mais altos encontrados em tavernas. Um camarada fiel, se bem que um tanto apalermado.

Após a refeição, as sentinelas foram colocadas nas muralhas e os outros se deitaram sobre a palha. O Rei e Vanderdecken retiraram-se para as respectivas camas após deixarem ordens para que fossem despertados uma hora antes do amanhecer.

"Ora, isso é conforto", disse Vanderdecken, afofando um travesseiro de penas. "A propósito, espero que encontremos logo aquelas crianças."

"Sim", concordou o Rei. "Porque se não as encontrarmos, seremos forçados a introduzir batalhas, assassinatos e mortes súbitas por essas paragens, e é algo que quero evitar, se puder."

56. COMO GORBO COLHEU AS MANDRÁGORAS

A manhã já vinha rompendo quando Gorbo por fim desistiu do trabalho úmido de procurar por mandrágoras. O Snerg tinha a impressão de que as suas costas também estavam se rompendo, pois ficara curvado arrancando raízes quase sem parar durante a noite lúgubre. Gorbo agora descansava sobre uma tora caída e tentava dar uma trégua para as costas, vez ou outra dando uma olhada para trás.

E que noite havia sido. Não só as mandrágoras verdadeiras eram extremamente raras — após horas de procura, Gorbo conseguiu apenas seis que tinha certeza serem verdadeiras —, como ele ficara preocupado com os arredores. Sem contar os morcegos, que eram incômodos o suficiente, o Snerg suspeitou sem parar dos seres que espreitavam nas sombras das árvores ao redor, seres parecidos com homens, mas com rostos pequenos e furiosos e orelhas pontudas e bocas que babavam, que tagarelavam e lhe apontavam sob a luz do luar. Houve uma criatura gorda e pálida — que se não era um gul se parecia muito com um — e que surgiu e se sentou debaixo de um azevinho e ficou olhando atentamente para Gorbo durante horas, de vez em quando soltando gargalhadas esganiçadas. Gorbo não era supersticioso no sentido geral da palavra, mas a noite lhe deixara nervoso, se eu puder usar a expressão,

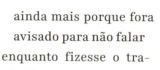

ainda mais porque fora avisado para não falar enquanto fizesse o trabalho e queria muito se livrar do que sentia falando alguma coisa. Na verdade, se dedos gelados tivessem lhe tocado a nuca enquanto descansava sobre a tora, acho que ele teria dado um belo de um pulo; e não o culpo, pois sei que eu teria feito a mesmíssima coisa.

Porém, Gorbo tinha seis mandrágoras na cesta e a noite havia passado. O Snerg se levantou e seguiu pela trilha de volta para a casa de Mãe Meldrum, e esperava que parte de seus problemas tivesse acabado, já que a bruxa agora ficaria ocupada com feitiços e tudo o mais para abrir as portinhas. É claro, haveria a floresta de árvores retorcidas a se atravessar do outro lado, mas Gorbo tinha esperança de que não acharia isso muito difícil, uma vez que adquirira uma boa dose de bom senso nos últimos dois ou três dias e o colocaria em prática. Que o deixassem chegar do outro lado do rio, pensou, e logo encontraria um modo de levar as crianças em segurança para casa.

Gorbo chamou por Sylvia e Joe ao se aproximar da casa, mas não houve resposta, nem o barulho de pezinhos correndo ao seu encontro. O Snerg foi depressa até a porta da cozinha e a abriu, mas não havia ninguém ali. Chamou mais uma vez em voz alta,

ansioso, e então uma porta ao lado da lareira se abriu e Golithos apareceu, curvando-se quase ao meio para conseguir passar.

"Olá", disse ele em tom de poucos amigos, "o que você quer?"

"Onde estão aquelas crianças?", exigiu Gorbo, tão logo se recuperou da surpresa.

"Crianças? Como vou saber? Não sou nenhuma babá."

Gorbo largou a cesta e passou o arco para frente para deixá-lo à mão.

"Oh, não mexa nesse arco!", gritou Golithos, mudando de tom. "Você sempre me deixa nervoso com essa coisa maldita. Mãe Meldrum diz que os pequeninos fugiram durante a noite com o homem engraçado, e eu não sei onde estão. Como saberia?"

"Para onde ela foi?", perguntou Gorbo após um momento miserável. "Rápido!"

"Saiu correndo para procurá-los. Oh, abaixe isso! A culpa não é minha, é?"

Gorbo ficou parado, com o rosto cheio de desalento, olhando para o outro. O que tinha acontecido dessa vez? Pensou com afinco, mas não chegou a nenhuma conclusão.

"Sente-se e fique à vontade", disse Golithos pouco depois, sentando-se em um banco junto à lareira. "Imagino que logo ela estará de volta."

Gorbo sentou-se depois de um ou dois minutos e ficou observando o fogo, pensativo. Golithos de tempos em tempos lhe lançava um olhar sem jeito, mas nada dizia. E assim ficaram em silêncio até ouvirem um passo apressado do lado de fora, e Gorbo se levantou de um salto.

A porta se abriu com um estrondo e Mãe Meldrum surgiu, parecendo horrivelmente magra e feia e furiosa com o manto e o chapéu pontudo que usava.

"Ah, então já voltou, hein?", disse a bruxa.

"Sim, Mãe. Mas onde estão Sylvia e Joe?"

"Eles se foram, os tolos!"

"Foram para onde?", gritou Gorbo.

"E você mantenha a calma!", berrou a velha. "Não grite comigo!"

"Não, Mãe, não vou gritar", disse o pobre Gorbo. "Mas para onde eles foram... por favor?"

"O Rei Kul colocará as mãos neles esta noite. Neles e no homem engraçado. Corri atrás deles quando descobri que tinham fugido, mas cheguei tarde demais. O homem engraçado estava montado em um cavalo — amordaçado, o que mostra que eles tinham algum juízo — e aquelas crianças tolas estavam cada uma sentada na frente de um cavaleiro. Agora talvez estejam desejando não ter fugido da velha Mãe Meldrum."

"Para que lado eles foram?", perguntou Gorbo, correndo para a porta. "Vou alcançá-los..."

"Ah, vai? Bem, se acha que pode alcançar homens a cavalo com duas horas de dianteira, ou se acha que poderia fazer alguma coisa se os alcançasse, então você é mais tolo do que aparenta ser... o que já é algo considerável."

"Mas... mas por que eles fugiram?", perguntou Gorbo, tomado por uma nova suspeita.

"Como vou saber? Eu estava sentada conversando com essa velha pilha de nervos", disse ela, indicando Golithos, "que veio me fazer uma visita, quando me ocorreu dar uma espiada nas crianças para ver se estavam bem confortáveis. E quando cheguei lá, o quarto estava vazio e a janela aberta e os dois tinham sumido. E o homem engraçado também havia desaparecido. Então fui atrás deles e os avistei, mas tarde demais. Caíram nas mãos do Rei Kul. Imagino que o homem engraçado tenha dito para as crianças fugirem. Ele é estúpido o bastante para qualquer coisa. Mas se você realmente quer salvar as crianças, vou lhe contar o único modo que conheço."

"Oh, obrigado, Mãe!", exclamou Gorbo.

"Mas primeiro vou tomar o café da manhã." A bruxa jogou longe o manto e começou a mexer nas panelas. "Não vou morrer de fome por causa daqueles pirralhos."

"Se eu não tivesse passado a noite inteira colhendo essas mandrágoras", disse Gorbo, puxando os cabelos, "não os teria perdido. Oh, sou mesmo o maior tolo de todos!"

"Ou quase isso, de qualquer forma." Mãe Meldrum parara o que estava fazendo e apanhou a cesta que Gorbo trouxera. "É isso o que você chama de mandrágoras?"

"Sim, Mãe", respondeu Gorbo, em voz baixa. "Acho que gritaram um pouquinho quando as puxei."

"Cherivias comuns do pântano!", exclamou Mãe Meldrum com desdém, jogando as raízes porta afora. "Então esse é o tanto que você presta. Bah!"

A bruxa se virou e voltou a cozinhar.

Gorbo se sentou e enfiou o rosto nas mãos. Golpe após golpe. Não só perdera as crianças como as perdera enquanto procurava durante uma noite desagradável por alguns espécimes imprestáveis de cherivia comum do pântano (*Avacabolis communis*). A vida de fato não lhe parecia ser digna de ser vivida.

"Anime-se!", exclamou a velha depois de algum tempo. "Vou lhe mostrar o modo de salvá-las, como lhe disse; confie na velha Mãe Meldrum. Enquanto isso, é melhor comer."

A bruxa serviu um prato enorme de rins, pequenas salsichas e bacon e uma omelete. O cheiro delicioso, somado à oferta de ajuda da velha, alegrou um pouco o coração pesado de Gorbo, que puxou o banco para a mesa e comeu com gratidão. Os rins estavam perfeitamente cozidos, a omelete fora feita pela mão de uma artista. Mãe Meldrum era má e cruel e feia e temida por todos, mas a bruxa tinha aquilo que redime o caráter da mais vil das pessoas: ela sabia como cozinhar.

"Golithos só come mato e coisas do tipo", disse a bruxa com uma risada demoníaca, "então ele pode dar cabo deste pedaço de repolho cru. Coma com vontade, Golithos."

Golithos aproximou o banco com um olhar descontente e pegou com cuidado o repolho, mordendo apenas com os dentes da frente, como se não tivesse vontade de comê-lo. O ogro olhava com desejo para as carnes, mas o medo que sentia de Mãe Meldrum era grande e ele permaneceu em silêncio. A bruxa lhe disse (enquanto empurrava uma caneca de cerveja espumante para

Gorbo) que encontraria toda a água que quisesse beber na barrica que ficava do lado de fora.

Ao final do café da manhã, Mãe Meldrum sentou e ficou pensando durante algum tempo, olhando de relance para Golithos de vez em quando. Era evidente que a bruxa o queria fora do caminho; e costuma ser uma questão delicada dar a entender a uma terceira pessoa que ela é o que os franceses chamam de *de trop*. Mas a velha conseguiu.

"Golithos", disse ela de súbito, "desapareça daqui. Vá lá para fora e fique perto daquele toco de árvore ali, para que eu possa ver que você não está escutando."

Golithos se levantou e saiu aos tropeços da cozinha e ficou parado, de cara amarrada, onde a bruxa lhe mandara ficar.

57. GORBO É LUDIBRIADO

"É a criatura mais estúpida que já vi", comentou Mãe Meldrum. "Você não é muita coisa, mas é melhor do que ele. Agora, o que tenho a lhe dizer é isto. Aquelas crianças estão correndo perigo mortal... e não comece a me interromper, ou deixarei que resolva isso sozinho. Você não conhece o Rei Kul, mas eu sim. Se eu lhe contasse cada uma das coisas que ele já fez, cada um de seus fios de cabelo grosso ficaria de pé, e como não seria uma visão bonita, não o farei. Contudo, digo-lhe que ele é o bruto mais selvagem e cruel que já brandiu um cetro. Agora, a única maneira de salvar aquelas crianças de um destino terrível — que no mínimo seria terem as cabeças cortadas como forasteiros inoportunos — é você matá-lo. Não estou nem considerando o homem engraçado; ele já é um caso perdido, de qualquer forma."

"Mas... mas, Mãe", disse Gorbo, horrorizado, "por certo nenhum homem mataria duas coisinhas inofensivas como eles! Ora, isso simplesmente não se faz!"

A velha riu com desdém. "Pobre e inocente simplório. Ora, ele faz coisas assim por diversão. O próprio diz que adora ver uma cabecinha rolar do pescoço. Obviamente você não ouviu falar da classe das crianças na Escola Dominical. Porém, não entremos em detalhes desagradáveis; o importante é que alguém precisa dar um fim nele. Tentei fazer com que Golithos realizasse o serviço, mas já não há coragem nele e cansei de discutir com aquele ogro. Então, você fará o serviço? Lembre-se de que é a única maneira possível de salvar aqueles pequeninos."

"Sim, Mãe", respondeu Gorbo, levantando-se de um salto. "É só me mostrar o caminho que verei o que consigo fazer com o meu pequeno arco."

"Não precisa se preocupar com o seu pequeno arco. Em primeiro lugar, você jamais conseguiria passar pelos guardas para disparar uma flecha. Só há um modo de fazer isso com segurança, e sorte sua haver uma bruxa experiente para lhe dizer como."

"Farei como disser, Mãe, desde que eu possa fazê-lo rapidamente."

"Esse é o tipo de homem que gosto", disse a bruxa com aprovação. "Espere um pouco aqui."

Mãe Meldrum saiu e Gorbo permaneceu sentado, em um estado de horror e perplexidade. Eis um terrível resultado de sua estupidez! Saber que os inocentes pequeninos estavam em poder de um tirano que adorava ver cabecinhas rolarem... saber que, se não os tivesse tentado a visitar as árvores retorcidas, há muito já estariam a salvo em sua própria casa... compreender que o seu nome seria para sempre execrado entre os Snergs como o tolo que levou as duas crianças ao cativeiro e à morte! Não me admira que ele tenha abaixado a cabeça para gemer de angústia e chorar.

Mãe Meldrum retornou com uma trouxa comprida debaixo do braço. "Agora, chafariz", disse a bruxa, numa alusão grosseira às lágrimas do Snerg, "sente direito e preste atenção, pois não pode haver erros."

"Sim, Mãe." Gorbo se endireitou e escutou com ansiedade.

"Primeiro, você precisará entrar no palácio do Rei sem ser visto. E o único jeito de fazer isso é usar um gorro de invisibilidade. Aqui está", disse a bruxa, retirando uma peça surrada da trouxa. "Tem setecentos anos, o que explica estar um pouco fora de moda, mas funciona muito bem. Pegue-o e tome cuidado para nunca o usar até precisar de fato, pois só funciona uma vez por pessoa. Se o colocasse agora, você ficaria invisível por uns dez minutos. E então o poder do gorro, com você, desapareceria para sempre. Compreende?"

"Sim, Mãe. Significa que só posso usar o gorro quando entrar no palácio."

"Isso mesmo. Você está melhorando um pouco. Agora, a próxima coisa é isto." A bruxa tirou da trouxa uma vara longa e flexível e a balançou no ar.

"Sim, Mãe. E o que eu faço com isso?"

"Esta", disse a velha com gravidade, "é uma espada de agudeza. No instante em que desferir um golpe, ela se tornará uma espada, e qualquer pessoa que você acertar será cortada em duas. Pertenceu originalmente a um primo da Rainha Mab; ele a usou para resolver alguns problemas familiares. Mas lembre-se que, após desferir um golpe, ela se transformará mais uma vez em vara e seu poder desaparecerá para sempre... isto é, no que lhe diz respeito."

"Sim, Mãe. Significa que se eu acertar o Rei com a vara, ele será cortado em dois pedaços."

"Exato. E será um belo espetáculo; uma pena que não estarei lá para presenciá-lo. Agora, depois de feito isso, é provável que haja mais do que uma simples comoção e será aconselhável que você desapareça por algum tempo. Veja bem, quando o tirano estiver morto, o povo se levantará e celebrará libertando todos os infelizes prisioneiros e tudo o mais, e isto, é claro, salvará aquelas queridas criancinhas. Mas será melhor que você corra de lá."

"Sim, Mãe. Mas como farei tal coisa?"

"Estes", disse a bruxa apresentando um par de chinelos bem velhos, "são sapatos de rapidez. Assim que tiver matado o Rei, calce-os e corra. Contudo, aconselho-o a não correr demais ou acabará na Mesopotâmia, ou no meio do oceano, ou em algum outro lugar. Alguns passos ligeiros já serão suficientes, e ainda assim você levará meia noite para caminhar de volta, pois esses sapatos, como o gorro e a espada, funcionam só uma vez. Quando retornar, você será saudado como um bom e grande homem e as coisinhas queridas lhe serão entregues sãs e salvas. Assim como o seu amigo, o homem engraçado, caso realmente precise dele. Então eis aqui tudo, devidamente embrulhado. Faça exatamente como lhe disse e lembre-se que, se fizer algo errado, os fantasmas das crianças lhe assombrarão... levando as cabecinhas debaixo dos braços."

"Partirei de imediato", disse Gorbo, apanhando a trouxa com esses tesouros maravilhosos, o arco, outras miudezas e indo para a porta. "Apenas me diga o caminho."

"Vire à esquerda quando sair da floresta e siga o caminho verde por uma ou duas milhas. Chegará então à estrada principal, que leva direto até a cidade. Vá, então!"

Gorbo lhe agradeceu de forma breve, mas entusiasmada, e partiu correndo pela trilha. Mãe Meldrum observou o Snerg desaparecer por entre as árvores e então voltou para dentro e se sentou, e sacudiu-se de tanto rir com horrenda satisfação.

58. UMA TERRÍVEL BARGANHA

Depois de se divertir por alguns minutos com sua pilhéria secreta, Mãe Meldrum chamou Golithos, que entrou e foi se sentar, aparentando estar mal-humorado.

"Para onde você mandou aquele Snerg?", perguntou.

"Ah", respondeu a bruxa, "é uma longa história." E continuou a gargalhar.

"Agora", disse ela alguns minutos depois, "vamos ao que interessa. Vai aceitar ou não a minha oferta? Já lhe aviso (caso ainda não tenha percebido) que tenho pouca paciência, e se você for teimoso comigo, tenho meios de lhe causar toda sorte de problemas. Não é à toa que sou uma bruxa experiente."

Golithos coçou a cabeça em descontentamento. "É perigoso demais", disse por fim.

"Assim como me irritar. Então, responda-me! Matará o Rei se eu lhe conseguir aquelas crianças?"

"Mas elas não estão com você para que as possa dar."

"Há! Posso tê-las de volta com facilidade, se eu assim quiser... e se você fizer com que valha a pena."

"Sim, mas... mas por que você não convenceu aquele Snerg a matar o Rei? Ele é tolo o bastante."

"Sim, ele é... um pouco pior do que você, em alguns aspectos, e é por isso que o tirei do caminho. Porém, a razão é que descobri por meio de magia negra que, se o Rei vier a ser morto, o será pela mão de um ogro, e você é o único que restou por esses lados. Então agora você já sabe."

"Oh! Então é por isso? E a sua magia diz o que vai acontecer ao ogro?"

"Sim, diz que viverá feliz para sempre."

Golithos voltou a coçar a cabeça. Apesar da crença que tinha em Mãe Meldrum, o ogro não tinha certeza se a bruxa estava contando a verdade exata nesse ponto.

"Suponho que devo matá-lo", murmurou, amuado. "Mas antes quero estar certo daqueles pequeninos. Primeiro traga-os aqui e os mantenha a salvo para mim. Então farei o serviço."

A velha lhe lançou um olhar furioso. "Sim, você está tentando me irritar", disse ela. "Muito bem, então, vou lhe mostrar."

"Não, espere, por favor! Veja bem, se ao menos eu pudesse vê-los, isso me deixaria com maior disposição para o serviço. Tenho vivido à base de alface e coisas do tipo por tanto tempo que não sou tão corajoso como costumava ser; e, embora eu tenha comido a minha vaca, essa carne não me encoraja como a minha comida natural. Você precisa compreender. É bem razoável."

Mãe Meldrum olhou para Golithos meio com raiva e meio em dúvida. "Hunf!", fungou ela. "Você é o ogro mais frouxo que já vi, e vi muitos na minha vida. Quer dizer que se eu tivesse lhe mostrado as crianças hoje de manhã você teria dado um fim no Rei?"

"Sim", respondeu ávido o ogro, "é isso mesmo. Só uma olhadela naquelas criancinhas rechonchudas, que você me prometeu com tão boa-fé, teria me deixado bastante ansioso para fazer o serviço. Mas não

UMA TERRÍVEL BARGANHA

consegui dar nem uma espiada nelas", continuou ele de forma patética. "Deve admitir que é difícil para mim."

"Vou acertar as contas com o homem engraçado", rosnou Mãe Meldrum. "Bem, suponha que eu as traga de volta. Você partirá de imediato assim que as tiver visto e fará o que eu quero?"

"Oh, sim! Apenas darei uma boa olhada nas crianças e irei na mesma hora. É claro, se primeiro eu pudesse ter um pedaço de uma delas, só para me encorajar do jeito certo, por assim dizer..."

"Bem, não terá pedaço algum. Você as verá quando eu as trouxer a salvo para cá e então partirá, ou verá como sou quando fico irritada. Trouxe o seu machado?"

"Sim, eu trouxe." O ogro foi até um canto da cozinha e pegou um poderoso machado de batalha, que balançou na mão. "Dei cabo de muitos guerreiros com isto no meu tempo."

"Quando ainda tinha alguma valentia, você quer dizer."

"Sim, é verdade. Mas minha valentia está voltando. E se me der um belo porco assado de jantar, vai voltar com ainda mais força. E quando eu colocar os olhos naquelas queridas criancinhas à minha espera, voltará de vez." Golithos agora revirava os olhos e arreganhava os dentes, e manejava o machado que qualquer outro homem mal conseguiria erguer como se fosse uma machadinha.

"Sim", disse Mãe Meldrum, depois de observá-lo por alguns instantes, "creio que é assim que deverá ser. Vejo que você precisa de um certo encorajamento prático, sendo o verme que é, então espere aqui até eu retornar com as crianças. Mantenha a coragem pensando nelas. Foi preciso muito tempo para que você ficasse pronto para o serviço, Golithos", continuou a bruxa com uma risada maléfica, "mas acho que finalmente consegui. Você terá o que quer, e eu terei o que eu quero: vingança!"

A bruxa se ergueu de um salto e realizou uma dança grotesca de alegria pela cozinha, com passos de uma agilidade que parecia fabulosa, considerando sua idade. Golithos, cuja selvageria por tanto tempo adormecida estava despertando rapidamente, deu uma gargalhada longa e ruidosa. Uma cena realmente terrível. Não nos detenhamos muito nela.

59. Prisioneiros na Estrada

Felizes as crianças (e também os adultos, caso consigam) que não se deixam afetar demais com as futuras possibilidades de uma calamidade. Sylvia e Joe eram desse tipo — especialmente Joe —, e o que mais lhes preocupava ao cavalgarem montados na frente dos guardas era terem se separado de seu amigo Gorbo, que mesmo se não pudesse salvá-los desse acontecimento, pelo menos lhes teria sido um consolo na estrada; o fato de estarem sendo levados como prisioneiros a um monarca sobre o qual ouviram relatos perturbadores parecia um mal menor, pois tal problema fazia parte do futuro, e o futuro fica sempre a uma certa distância adiante.

As crianças não foram maltratadas e tiveram permissão para conversar com os soldados com quem cavalgavam, mas em voz baixa, ou seria ruim para a disciplina. Baldry cavalgava a certa distância dos dois, de maneira que não tiveram chance de conversar com o bobo. O líder permitiu que ficasse sem a mordaça depois de algum tempo, com a condição de que não falasse, e Baldry passava o tempo cantando para si mesmo em voz baixa canções sobre destinos cruéis e outros temas melancólicos. Era evidente que se resignara com o que viesse a acontecer.

O líder — cujo nome descobriram ser Sir Giles — fez algumas perguntas às crianças sobre como acabaram na companhia do bobo da corte do Rei, mas, apesar de terem respondido com a verdade e lhe contado tudo sobre a Baía Watkyns (sobre a qual nunca ouvira falar) e os Snergs (sobre os quais ouvira falar pouco, e esse pouco não era nada de bom) e as suas estranhas aventuras, nada disso fez sentido para o cavaleiro, que por fim admitiu encontrar-se por demais aturdido e que cabeças melhores do que a sua deveriam se encarregar de solucionar o mistério.

A região ia ficando mais povoada conforme avançavam; havia fazendas, moinhos de vento e coisas do tipo, e aqui e ali um pequeno castelo ou uma granja cercada por um fosso. Pararam por cerca de meia hora em uma estalagem para descansar os cavalos e tomar café da manhã; Sir Giles disse ao proprietário que enviasse a conta para o Ministro da Fazenda. Sylvia e Joe comeram um prato cada de pequenos peixes quentes, parecidos com sardinhas, com uma tigela de leite, o que os deixou bastante animados. Baldry interrompeu a cantoria triste para comer duas costeletas e beber uma caneca de cerveja. Em seguida prosseguiu com uma nova canção sobre ser um joguete do Destino. Baldry ansiava por ser compreendido.

PRISIONEIROS NA ESTRADA

A tarde já avançava quando contornaram a borda de um bosque cerrado e avistaram não muito ao longe a cidade. As crianças se lembraram de uma pintura de uma cidade medieval em um calendário colorido que a Srta. Scadging trouxera de Londres no ano anterior. As casas possuíam vigas grossas e telhados altos em vertente, e as ruas eram de pedras arredondadas que lembravam bolas de futebol cinzentas. O grupo passou por um portão com torres grandes e por lojinhas inusitadas e tavernas onde as pessoas se sentavam em bancos do lado de fora e bebiam em canecas enormes, ou então ficavam encostadas em postes. Parecia haver uma boa dose de tempo livre na cidade e as pessoas se aglomeraram para olhar as crianças; porém, quando Baldry foi reconhecido (por alguma razão, ele se sentara voltado para o rabo do cavalo assim que chegaram à cidade), houve uma grande comoção, e as pessoas chamavam outras para que viessem ver. Sir Giles, no entanto, ordenou que se afastassem como bons cidadãos e abrissem caminho para os homens do Rei, e a procissão prosseguiu sacolejando pela rua até parar no pátio do palácio real.

Foi de fato um momento de ansiedade para Joe e Sylvia quando foram tirados dos cavalos e conduzidos até um salão de teto elevado. A princípio tiveram apenas uma impressão confusa de vestimentas brilhantes e toucados pontudos das senhoras, das pernas escarlates de pequenos pajens e da suntuosidade geral. Este palácio estava para o do Rei Merse II como uma casa em Park Lane W. estava para uma casinha em Poplar E. e as crianças se sentiram por demais diminutas e desarrumadas e com nenhuma importância ao seguirem Sir Giles (com Sylvia carregando o cachorrinho) em meio a esse ambiente de alta classe e pararem diante de um trono onde havia um homem sentado com uma coroa real. Enfim estavam na presença do temível monarca.

60.
O REI KUL I

Seria bom observar aqui aos meus leitores (e em particular aos mais novos) que rumores costumam ser mais desmentidos do que confirmados pela experiência e estender-me acerca da moral transmitida. A razão para não o fazer em pormenores é o medo de que eu possa me tornar um pouco tedioso, então me limitarei a afirmar que, para grande surpresa e alívio das crianças, não havia sinal de crueldade no Rei.

Era um monarca de cintura larga e longa barba grisalha, e essas particularidades corroboravam a descrição que Baldry fizera. Entretanto, a expressão do Rei era de benevolência e bom humor, e ele sorriu para as crianças com o que, se não estivesse mesclada com um toque de majestade natural, poderia ter sido descrita como uma espécie de ternura paternal e bonachona.

Os trajes do Rei eram luxuosos, mas de muito bom gosto. O gibão era de veludo grosso, verde e bordado a ouro, as calças justas de um rosa claro, uma cor que muito lhe agradava. Tinha nos ombros um manto azul-celeste, revestido com pele de arminho, e a coroa sobre a cabeça parcialmente calva era decorada com finos ornamentos. As crianças jamais haviam concebido tamanha magnificência na roupa de um homem, e o olhavam com fascínio e admiração.

"Bem-vindo, Sir Giles", disse o Rei, ignorando Baldry, que estava de joelhos ao lado das crianças.

"Diga-me quem são estes pequeninos e o que sucedeu para que os colocasse na companhia deste pândego."

"'Pândego' não é nada mal", comentou Baldry num tom interessado.

"Encontrei-as viajando com o patife, meu senhor", respondeu Sir Giles. "E, como não podia deixá-las sozinhas na floresta, acabei por trazê-las. Da história que contam, porém, nada consigo depreender, meu senhor. Parece-me algo que poderia ser contado por um menestrel que abusara do copo. Uma história sobre uma certa Condessa Watkyns naquela terra repleta de horrores do outro lado do rio profundo, e milhões de outras crianças e de Snergs que são seus amigos. Deixo para que Vossa Majestade julgue tal relato, pois não sou capaz de compreendê-lo."

"Ah, você não é muito inteligente, esse é o problema", observou Baldry.

"Silêncio, vilão!", bradou o Rei.

Baldry cobriu a boca com as mãos com um olhar de extremo horror.

"Snergs, você disse?", continuou o Rei. "Será possível que estes pequenos inocentes nada saibam acerca daquela raça feroz e cruel?"

"Por favor, senhor", disse Joe, que sentiu que devia defender seus amigos, erguendo a mão de acordo com o costume na Baía Watkyns na hora da aula. "Por favor, senhor, todos nós gostamos muito dos Snergs. Eles não são nem um pouco ferozes."

"Nem um pouco ferozes, é o que diz, homenzinho! Não, é além da compreensão. Deve haver algo mais aqui do que está a saltar aos olhos."

"Quer dizer, a saltar aos ouvidos, é claro", disse Baldry.

"Retirem daqui este asno pestilento!", gritou o Rei. "Julgaremos o seu caso em um momento mais apropriado."

Quatro soldados cercaram o bobo e, a uma ordem de Sir Giles, levaram-no para fora do salão. A patetice deveras incrível que lhe era característica fez com que se pusesse de quatro e acompanhasse os soldados para fora nessa posição; sem dúvida o bobo sentiu-se encorajado pela risada abafada de alguns cortesãos imprudentes.

De certa forma tranquilizado pelos modos gentis do Rei, Joe contou a história de suas andanças e aventuras. Explicou tão bem quanto podia, e com a ajuda de Sylvia, como se vivia na Baía Watkyns, a natureza geral da terra além do rio profundo e o caráter afável dos Snergs, com quem a Sociedade tinha relações tão satisfatórias. O Rei escutou o relato com imensa estupefação.

"Será possível", disse ele, voltando-se para a corte, "que estivemos em ignorância acerca da verdadeira natureza das coisas além do rio? Que aceitamos sem questionar as tradições que herdamos e que agora seremos corrigidos por esses infantes? Será possível..." O Rei prosseguiu moralizando da maneira mais louvável, e os cortesãos concordavam aos murmúrios, como se esperava que fizessem.

"Contudo, uma coisa está clara", continuou o monarca. "Devemos voltar de imediato nossa atenção a esse Golithos, que parece dar indicações de estar se tornando uma ameaça, e também à Mãe Meldrum.

No passado, ela não dava ponto sem nó, e talvez seja hora de lhe providenciar um tipo de nó bem diferente. Os dois devem ser trazidos aqui imediatamente para serem julgados. Essa será sua próxima missão, Sir Giles."

"Oh, muito bem, meu senhor", disse Sir Giles, sem muito entusiasmo.

"E isso me lembra...", disse o Rei. "Sua noiva, Lady Ermyntrude, pode cuidar dessas crianças, pois já é tarde e gostaríamos que jantassem conosco. Assim, bela dama — continuou ele a uma moça que se encontrava por perto —, encarregue-se desta pequena donzela de cabelos dourados e deste robusto rapazote e certifique-se de que lhe sejam dadas roupas novas, assim como (pois estão um pouco sujos) o conforto de um bom banho."

A moça, que estava ricamente trajada e era de uma beleza ímpar (e cujo único defeito era uma pitada de um indefinível atrevimento), adiantou-se e fez uma mesura. Deu então as mãos para as crianças e as levou para fora do salão.

61. Enfim uma Troca de Roupas

Com o auxílio de duas criadas, Sylvia e Joe logo foram banhados e esfregados e, por fim, sentados, cada um enrolado num lençol, aguardando a decisão de Lady Ermyntrude, que levava as roupas a sério. A dama acabou por escolher o que considerava adequado no guarda-roupa real (vestimentas que já não serviam nas crianças da realeza) e começou a vestir os dois. Quando terminou, o efeito foi espantador. Sylvia trajava um vestido de seda branca adornado com flores e abelhas trabalhadas a ouro e calçava sapatinhos vermelhos com pompons. Tinha o cabelo todo afofado debaixo de um chapéu cônico branco como a neve e que lembrava um pão doce. Joe vestia um gibão e calças justas escarlates e brilhantes, com um chapéu de pena branca. O menino levaria um tempo para se acostumar com os sapatos, pois eram tão pontudos e longos que tiveram que ser amarrados aos joelhos com minúsculas correntinhas douradas. Levava no cinto uma pequena adaga com uma bainha ornada, e Joe gostou mais dela do que de qualquer outra coisa. Comentou com Sylvia que sempre dissera que as coisas acabariam bem e que a menina não precisava se preocupar.

"O que acham de Sir Giles?", perguntou Lady Ermyntrude ao terminar a toalete das crianças, que estavam sentadas à sua frente em dois tamboretes.

"Ele não é mau", respondeu Joe. (Afinal, Sir Giles cuidara muito bem deles e lhes dera café da manhã.)

"Ele é mandão", disse a dama (não foi a palavra que usou, é claro, mas é a mais aproximada que posso usar).

"É mesmo?", perguntou Sylvia.

"Sim, com a maioria das pessoas. Mas não comigo." Aqui ela deu uma risada de desdém.

"Vai se casar com ele, não é, dona... quero dizer, minha senhora?", perguntou Sylvia, tímida.

"Em agosto."

"Oh, tão cedo?" Sylvia ficou muito interessada. "Damas de honra?"

"Seis. Gostaria de ver o meu vestido de casamento, isto é, o que já está pronto dele?"

"Eu adoraria!"

E, assim, Joe teve que se distrair andando pelo quarto por meia hora enquanto essas duas moças perfeitamente femininas se ocupavam com os mínimos detalhes.

62. Outra Refeição com a Realeza

O jantar foi um evento de certa cerimônia e cumprimento de antigos costumes. Foi permitido o comparecimento do público em quantidade moderada mediante pagamento de uma pequena quantia (destinada aos pobres), um atrativo para pessoas que queriam levar amigos do campo até o palácio para que, por detrás de uma área cercada por grades, vissem a realeza se alimentar. Os que compareceram nesta noite em particular não tiveram razão para reclamar do que receberam pelo pagamento.

O caráter jovial do Rei às vezes o deixava impaciente com cerimônias, e assim que as trombetas soavam para anunciar que o monarca removera o manto e se sentara, ele adotava uma postura espontânea e de amabilidade calculada para tranquilizar convidados nervosos. Não digo que Joe e Sylvia estavam nervosos. Haviam sido convidados de honra à mesa do Rei Merse II e conheciam um pouco dos costumes das cortes — embora, é claro, a atual fosse de uma escala muito mais magnífica — e, além disso, os dois se sentiam encorajados por estarem cientes do fato de que estavam vestidos de modo apropriado. Aqueles que sabem — como confesso que sei — o bem que uma muda nova de roupa faz ao amor-próprio e o desembaraço que causa não terão dificuldade em compreender isso.

No decorrer do jantar, o Rei mostrou-se solidário com a separação das crianças e Gorbo e as consolou dizendo que o Snerg sem dúvida apareceria são e salvo. Disse ainda que mandaria buscar informações imediatamente.

"É de fato gratificante", disse ele, "ouvir que os Snergs são bons e inofensivos e nem um pouco ferozes. Preciso arranjar um modo de encontrar-me com seu Rei, o qual não tenho dúvida de que seja um homem muitíssimo digno à sua maneira. Mal-entendidos de eras seriam esclarecidos. E, em particular, eu gostaria de encontrar o seu fiel amigo Gorbo. Creio que o farei em breve. Enquanto isso", continuou o Rei com sorrisos hospitaleiros, "coma outro destes, Sylvia", disse ele, passando para a menina um prato de confeitos que lembravam bolinhos com frutas dentro. "Menininhas devem fortalecer os corpos com muita comida, e esses doces são cheios de vitaminas."

"Obrigada, meu senhor", agradeceu Sylvia, pegando um deles.

"Mas esses estão frios", prosseguiu o Rei ao dar uma mordida em outro bolinho. "Deixe-me lhe dar um quente." E então o monarca, que como eu disse era avesso a cerimônias com coisas pequenas, levantou-se e estendeu o braço até um enorme prato de prata (sob o qual havia um recipiente com água quente), onde os bolinhos estavam empilhados.

Peço que note que, por o prato estar a certa distância, o Rei se curvou para frente até quase se deitar na mesa, com o bolinho que mordera para provar a temperatura ainda entre os dentes.

63.
UMA VARADA

Naquele momento, ouviram-se gritos de pavor, e, para a desconcertante surpresa e alegria de Sylvia e Joe, viram Gorbo entrar correndo no salão. Em vez do gorro costumeiro, tinha na cabeça um outro estranho, de aparência encardida. Segurava na mão esquerda um par de sapatos velhos e na direita brandia uma longa vara.

O Snerg não viu as crianças; mesmo que as tivesse visto, não teria reconhecido essas crianças vestidas de modo esplêndido como os seus jovens amigos sujos pela viagem; Gorbo só tinha olhos para o suposto tirano, cuja coroa dourada lhe revelava a identidade e cuja posição curvada sobre a mesa era excelente para o portador de uma espada mágica. O Snerg deu um salto para frente — lembrem-se que tudo isso ocorreu em um ou dois segundos — e golpeou a pessoa do Rei com uma bela varada que ecoou pelo salão.

Meramente dizer que tudo ocorreu de forma rápida depois disso seria

confessar — como devo — uma incapacidade de colocar em palavras tão estranha situação. No entanto, farei o possível para apresentar uma impressão geral dos acontecimentos subsequentes.

O Rei empertigou-se de um salto e, de olhos arregalados e com a fala obstruída pelo bolinho que tinha na boca, encarou enlouquecido o seu agressor. E todos os presentes ficaram tão paralisados de estupefação que, por um instante, fez-se completo silêncio. Ó momentos tão longos quanto os anos!

O que se passava pela cabeça de Gorbo naquela cruel fração de segundo pode ser expresso da seguinte forma:

"Fui ludibriado. Esse gorro não é um gorro de invisibilidade, pois todos estão olhando para mim. Essa vara não é uma espada de agudeza, pois veja só o que aconteceu! Assim, por tudo que é mais sagrado, que estes sejam sapatos de rapidez, pois preciso deles!"

Jogou a vara longe, calçou os sapatos e correu.

Correu para os braços de uns vinte soldados e cada um agarrou uma parte do Snerg.

"É Gorbo!", gritou Sylvia em agonia. "Oh, pobre Gorbo!"

"Gorbo, é?", bradou o Rei, afastando com os braços as pessoas que corriam para lhe atender, e literalmente rangendo os dentes. "Então esse é o seu Gorbo? Inofensivo, não é? Nem um pouco feroz! Oh...!"

Devo parar de escrever aqui as palavras proferidas pelo Rei.

64. A Manhã Seguinte

Quando as crianças despertaram no dia seguinte, os eventos da noite anterior voltaram com um choque. Não foram jogadas numa masmorra como, não sem razão, temeram que seria o caso, mas foram tiradas do caminho de um modo um tanto apressado por Lady Ermyntrude, colocadas num quarto dos fundos de certo conforto, com duas camas, e mandadas dormir de imediato, o que sentiram ser difícil de se fazer sob as circunstâncias. Tinham a impressão de estarem ficando menos populares e, além disso, os dois estavam muitíssimo preocupados com o seu amigo. Ficaram especulando aos sussurros durante horas a respeito do motivo de Gorbo ter se comportado daquele jeito e sobre qual seria o seu provável destino.

Porém, quando as crianças foram vestidas por uma criada (que lhes trouxera um copo de leite matutino) e levadas para o andar de baixo, viram que a situação estava mais tranquila. O Rei passara uma boa noite. Não tivera febre e foi capaz de tomar um café da manhã reforçado. O monarca não manifestou desejo de ver as crianças, que ficaram felizes por isso, pois sentiam que teria sido esquisito. Lady Ermyntrude lhes serviu o café da manhã e então levou os dois para um passeio no jardim, e Tigre correu com alguns cachorrinhos que pertenciam à dama.

O Rei compareceu a um conselho onde foram discutidas várias sugestões feitas pelos nobres no tocante aos cerimoniais a serem observados para se cortar a cabeça de Gorbo. Acabou sendo decidido que o evento aconteceria na praça do mercado às 11h30 e, resolvido isso, o Rei propôs (pois a base de seu método de governo era a justiça estrita) que o vilão deveria receber um julgamento justo.

Trouxeram Gorbo, que carregava uma corrente de comprimento quase desnecessário, e o colocaram diante do Lorde Chanceler, que conduziria o caso.

"Seu nome, prisioneiro?", perguntou o Lorde Chanceler.

"Gorbo, às ordens, senhor", respondeu o infeliz Snerg.

"Sua idade, Gorbo?"

"Duzentos e setenta e três anos, senhor."

"Sua ocupação, Gorbo?"

"Oleiro, senhor."

"E por que, Gorbo, você deixou a inofensiva profissão de oleiro para vir a esta terra e ferir a Graça do Rei?"

"Porque..." O Snerg nada mais conseguiu dizer.

"A razão é inadequada, Gorbo. Pense, pois o seu tempo sobre a terra será curto caso não faça um melhor apelo pela sua vida."

"Mãe Meldrum me disse para fazer isso", disse Gorbo, o senso atiçado pela situação extrema.

"Ahá, agora nos aproximamos do motivo! Porém, Gorbo, ainda assim a razão não parece ser suficiente. É o costume vil dos Snergs golpear a todos, por mais exaltados que sejam, a qualquer palavra de uma bruxa?"

"Ela... ela disse que o Rei era um terrível tirano... e que era preciso matá-lo o quanto antes. Porém, a razão principal foi por ela dizer que, se eu não matasse o Rei, ele mataria Sylvia e Joe."

O Lorde Chanceler voltou-se para o Rei. "Em verdade, meu senhor, parece que colocamos as mãos, ao custo de uma varada na pessoa de Vossa Majestade, no maior parvo que o mundo já conheceu."

"É o que parece", concordou o Rei, com um olhar meio piedoso para Gorbo. "Sugiro, meus senhores, que seja permitido ao Snerg contar sua história à sua própria maneira, e então veremos se concorda em substância com a história daqueles pequeninos."

"Uma nobre ideia e digna da capacidade intelectual de Vossa Majestade", disse o Lorde Chanceler. "Vamos, camarada, a sua história, contada com sinceridade."

Com muita hesitação e gaguejando (pois temia ter provado a veracidade da profecia que dizia que ele era o maior dos tolos), Gorbo começou o relato de tudo que acontecera desde que partira da Baía Watkyns. Animou-se conforme foi contando e ficou mais à vontade, pois viu que todos escutavam com profundo interesse. Parou de modo diplomático quando chegou aos portões do palácio na noite anterior.

"Tudo está de acordo com a história das crianças", disse o Rei. "Creio, meus senhores, que por ora devemos deixar este néscio ficar com a cabeça."

"Sim, meu senhor", disse o Lorde Chanceler, "e em minha opinião..."

O mundo, no entanto, foi privado de sua opinião, pois naquele instante ouviu-se um tumulto do lado de fora e o som de uma batida na porta.

65.
A Invasão

A porta foi aberta com violência e o Capitão da Guarda da Cidade apareceu, um homem de figura robusta numa armadura completa, com uma barba grossa que lembrava tabaco e um rosto firme, mas amigável.

"Meu senhor", disse o homem, fazendo uma longa mesura, "perdoe-me pela interrupção, mas uma estranha força armada surgiu inesperadamente, exigindo que as duas crianças estrangeiras e o Snerg lhe sejam entregues."

"Uma força armada!", gritou o Rei com justificada raiva. "Exigindo algo de mim... quero dizer, de nós! Você não está falando coisa com coisa."

"Não, meu senhor, é a pura verdade. Cerca de duas vintenas de homens grandes com botas estranhas e duzentos ou mais homenzinhos miúdos que devem ser Snergs. Dizem que se os três lhes forem entregues ilesos, irão embora em paz."

O Rei lidou com a situação com genuína dignidade. "Deixe-os entrar na cidade", disse ele. "Falaremos com o líder."

"Bem, meu senhor", disse o Capitão da Guarda, com certo embaraço, "o fato é que eles já se deixaram entrar. Veja bem, aconteceu de eu estar com sede, e..."

"Falaremos disso mais tarde", interrompeu o Rei com um olhar severo. "Enquanto isso, convide essa tropa para o nosso salão assim que eu tiver tomado meu lugar ao trono."

66. Um Encontro Histórico

A tropa entrou de forma ordenada no salão; Snergs no flanco direito, de quatro em quatro, e os holandeses no flanco esquerdo. Vanderdecken tinha certo conhecimento da arte da guerra — tão útil aos marinheiros do seu tempo — e treinara sua tripulação para realizar alguns simples exercícios militares, incluindo o uso de mosquetes. No geral, a Força Expedicionária, com os Snergs em meia armadura e os marinheiros carregando os mosquetes junto aos ombros, parecia rígida e eficiente.

O Rei Kul deixou o trono e avançou seis passos. O Rei Merse adiantou-se, um rei de fato no porte, ainda que pequeno.

"Bem-vindo, nosso primo de Snerg."

Deram-se as mãos. O Rei Kul tomou o braço do outro e o levou até um assento ao lado do trono. Houve um murmúrio de satisfação entre os cortesãos ali reunidos, enquanto os dois trocavam palavras amigáveis, ainda que não necessariamente muito profundas, que caracterizam as conversas de príncipes ou presidentes que se encontram pela primeira vez.

É claro que é pouco provável que algum dos meus leitores visitará esta terra, mas se por acaso chegarem a fazê-lo, recomendo que vejam o afresco que foi pintado para celebrar essa cena histórica, pois vale a pena. Encontra-se no corredor abobadado à esquerda do salão, próximo à chapelaria.

67.
EXPLICAÇÕES
NECESSÁRIAS

As formalidades foram logo encerradas e o Rei Kul ordenou que trouxessem as crianças para que cumprimentassem os seus amigos. Nesse meio-tempo, com as mãos para trás, conversou com Vanderdecken, que lhe havia sido apresentado com a devida cerimônia e cujas excelentes qualidades podia discernir e apreciar. Apesar de ser apenas um aventureiro mercante, Vanderdecken era de boa família; como sabemos, o holandês tinha certo conhecimento dos clássicos, falava bem e com facilidade, não havia hesitação ou *mauvaise honte* em seus modos; ainda que estivesse com uma roupa rústica e talvez pouco adequada para a brilhante ocasião, portava-se com orgulho apropriado. Como disse o finado Lorde Buscoe a alguém que reclamara por ele ter comparecido a um jantar trajando calças largas de jogo, não é possível disfarçar um cavalheiro.

Sylvia e Joe, em suas vestes luxuosas, foram levados até o salão por Lady Ermyntrude e cumprimentados e beijados afetuosamente pelo Rei Merse. As crianças lhe disseram na mesma hora que devia exigir a libertação de Gorbo, pois o Snerg havia sido levado para uma masmorra.

"A propósito, Majestade", disse o Rei Merse, virando-se para o monarca irmão, "e quanto ao meu súdito Gorbo? Ouvi dizer que está com problemas."

"Você o verá", respondeu o outro com um toque de austeridade (com dois reis conversando, o leitor às vezes terá que adivinhar a identidade de cada um por meio de suas palavras). "Tragam aqui aquele sujeito!"

Sons metálicos fizeram com que todos olhassem na direção da câmara do conselho, onde Gorbo havia sido deixado com os guardas. O Snerg adiantou-se, carregando os grilhões com dificuldade e de vez em quando tropeçando neles. Olhou para o seu Rei com um sorriso acanhado.

"Salve, Gorbo!", disse o Rei Merse, em meio ao silêncio total.

"Que vossa sombra seja sempre larga", murmurou Gorbo.

"Parece que você se enrolou em ferros, Gorbo. O que foi desta vez?"

Gorbo não respondeu, limitando-se a mexer em um dos elos da corrente.

"Deixe-me lhe perguntar, nosso primo", disse o Rei Kul com altivez. "Suponha que um completo estranho adentrasse o seu salão sem ser anunciado e lhe desferisse um belo de um golpe com uma vara robusta no instante em que estivesse curvando-se sobre a mesa de jantar; o que diria?"

O Rei Merse ponderou com afinco por um momento e, em seguida, sacudiu a cabeça. "Desisto", disse ele. "Porém", acrescentou, tocando de forma meio que inconsciente o punho da espada, "posso ser capaz de lhe dizer o que eu faria, caso lhe seja de alguma serventia."

"Exatamente!", exclamou o Rei Kul. "É onde quero chegar. Este seu súdito comportou-se assim conosco.

EXPLICAÇÕES NECESSÁRIAS

E mal poderia acreditar na varada que nos deu. Portanto, peço-lhe que me diga o que fazer."

"Bem, Gorbo", disse o Rei Merse após uma séria pausa, "para dizer do modo mais delicado, você não está melhorando. Consegue chegar a alguma conclusão acerca desse estranho caso?", perguntou a Vanderdecken.

O holandês não respondeu em palavras; apenas segurou a barba e sacudiu devagar a cabeça de um lado para o outro, como alguém derrotado por completo.

"Suponho", continuou o Rei Merse, "que seria esperar demais que o camarada tivesse a mais tênue indicação de uma razão para esse ultraje no fundo do que, na falta de palavra melhor, devemos chamar de seu cérebro?"

"Ah, descobrimos razão suficiente!", bradou o Rei Kul, com uma leve tendência a encolerizar-se. "Diz ele que o fez para salvar estas criancinhas de serem executadas por nossas mãos! Estas... estas criancinhas, que no momento estávamos empanturrando com bolinhos! Oh..." Aqui o Rei foi mais uma vez dominado pela amarga indignidade e só conseguiu articular palavras que prefiro representar por reticências.

"Sinto-me decepcionado", disse o Rei Merse com tristeza. "Esperava que, quando encontrasse Gorbo, descobriria que tinha ampliado os horizontes com a viagem pelo estrangeiro; dizem que é o que acontece. Mas, agora, que esperança haverá?"

"Está tudo muito bem", disse Gorbo emburrado, "mas se o senhor tivesse ouvido o que Golithos disse sobre o Rei, e o que Mãe Meldrum disse sobre ele, talvez o senhor também tivesse cometido um pequeno erro. E Baldry disse...", aqui o Snerg parou de repente, pois Baldry era seu amigo jurado e sentiu que não seria justo prosseguir.

"Baldry!", exclamou o Rei Kul. "Ah, agora tudo está ficando mais claro. Diga-me o que aquele réprobo contou sobre mim."

Mas Gorbo permaneceu em silêncio.

"Tragam o nosso antigo bobo da corte", disse o Rei a um oficial. "Creio, primo, que podemos vir a descobrir alguma outra razão para essa situação."

68.
A SENTENÇA DE BALDRY

Baldry foi levado até o salão, mascando uma palha. O bobo tinha pedaços de palha no cabelo e outros na roupa. Permaneceu cabisbaixo diante do Rei, com as mãos juntas na frente, uma figura abatida.

"Insolente!", exclamou o Rei, após olhar o bobo por um instante. "Impertinente! Não penses em enganar-me com essa demonstração de tristeza. Dize-me, contaste algo a esse forasteiro que poderia levá-lo a crer que sou um tirano?"

Baldry tirou a palha da boca, secou-a com cuidado e a guardou dentro do gibão. Colocou a mão sobre a boca e forçou uma tossinha. Então falou:

"Meu mestre e senhor, é verdade que de certa forma induzi meu querido amigo Gorbo a crer que o senhor era mais despótico do que talvez seja o caso. Porém, em minha defesa, devo dizer que eu tinha uma boa razão para isso, a saber...", aqui o bobo contou os itens nos dedos. "Primeiro, a ideia me pareceu boa. Segundo, achei-a por demais engraçada. Terceiro, a dita em muito me divertiu. Quarto, alegrou-me a contento. Quinto..."

"Silencie esta boca degenerada!", gritou o Rei para o carcereiro. Um lenço foi colocado sobre a boca de Baldry e ali segurado, enquanto aguardavam mais ordens.

"Escuta as minhas palavras", disse o Rei com severidade, "pois serão poucas as que tornarás a escutar.

Podemos perdoar muita leviandade da parte de um bobo profissional, mas isso vai além dos limites da nossa paciência. Retira-te de nossa presença e de nosso castelo e de nossa cidade... e segue andando. Saibam todos", continuou o Rei, voltando-se para a corte, "que, doravante, Baldry está exilado de nossos domínios."

Baldry teve um sobressalto e olhou para o monarca como se não compreendesse. Então, quando a dura verdade ficou clara, o bobo se virou e, de cabeça baixa, retirou-se devagar. Contudo, depois de quatro ou cinco passos ele parou, colocando a mão sobre o coração, como se sentisse uma pontada repentina. Então, erguendo as mãos para cima num gesto de desespero, balançou e tombou de cara no chão, tal como cai uma árvore.

Houve uma consternação geral e todos se adiantaram. Um deles, habilidoso na arte das sanguessugas, ajoelhou-se e, inclinando a cabeça de lado, escutou com atenção e em seguida se levantou. "Não escuto o coração bater", disse triste. "Ele está morto."

Abriram caminho para o Rei, de cujo semblante a severidade desaparecera, dando lugar um pesar profundo. Permaneceu contemplando a figura prostrada e deu um longo suspiro, quase um gemido. Por fim, falou... em versos brancos, pois nada menos poderia expressar a angústia que sentia:

"Ai, pobre tolo! É assim que findam,
Que se encerram teus modos jocosos?
Por que o fado, que poupa o gato
Que atormenta meu sono inócuo,

E com seus gritos faz tremer a lua,
Não poderia poupar-te? Já não
Poderás criar tuas gaias troças,
Teus ardis sobre portas soabertas,
Ou brincar com os talheres da mesa?
Não, estás morto, e eu sem meu bobo
Deixado a lamentar a lei árdua
Que dá aquilo que menos queremos.
A rosa murcha, a erva cresce,
A manteiga cai virada p'ra baixo,
O cavalo apostado não vence,
Tampouco toma lugar de destaque.
Tarde demais, tolo, esse vão pesar!
Amei-te mais do que jamais saberás."

"Nesse caso", disse Baldry, virando-se de pronto com a barriga para cima, "por que está dificultando tanto as coisas?"

69.
Clemência Real

Era típico de Baldry sempre (para usar uma expressão marítima) navegar por águas perigosas, e nesse caso ele teve sorte de a satisfação do Rei em saber que o bobo no final das contas não estava morto superar um pouco a nova fúria do monarca por descobrir que, não bastando ter sido enganado, também desperdiçara alguns versos brancos de alta qualidade. No entanto, Baldry se afastou com destreza do pé do Rei, que já coçava, e correu na direção de Sylvia e Joe (ambos perplexos com esses acontecimentos) e abraçou as crianças com ardor.

"Ah, nosso primo de Snerg!", exclamou o Rei com um sorriso pesaroso, "bem disse o poeta que sob a coroa do monarca há por vezes uma cabeça sobrecarregada. Porém, deixe-me agora recontar as outras razões que esse seu Gorbo forneceu como justificativa para tal comportamento."

O Rei Merse, após ouvir todos os detalhes de como Gorbo fora ludibriado para cometer o ultraje, aventou a opinião de que, sendo o homem o asno que era, seria melhor deixar de lado a questão como um erro de julgamento.

"É um modo de ver a situação", disse o Rei Kul, com certa rabugice. "Claro, fui eu quem recebeu a varada, não você. No entanto", acrescentou com verdadeira nobreza, "não se pode peneirar a misericórdia tal como é feito com o feijão. Guardas! Libertem esta extraordinária pessoa. Está livre."

Os grilhões de Gorbo foram removidos de pronto e levados embora num cesto. O Snerg murmurou alguns agradecimentos indistintos ao Rei e então foi até seus irmãos Snergs, que estavam enfileirados junto a uma das paredes e que o saudaram com afeição mesclada com uma alegria mal disfarçada. Gorbo, porém, alegrou-se com o impacto súbito de dois pequenos corpos; Sylvia e Joe se jogaram sobre ele e o abraçaram com força.

O Rei Kul observou a cena por um momento com um sorriso benevolente, e então se voltou para o Rei Merse e Vanderdecken.

"Venham", disse ele, "até a minha câmara particular, onde nos aguardam vinho e biscoitos sortidos. O Mestre das Caças cuidará para que os seus homens sejam bem atendidos. Por favor, cuidado com o degrau."

70. O Dia Seguinte

O dia seguinte passou alegremente e ao contentamento de todos, com exceção de Sir Giles, que em vez de passar horas passeando nos jardins com Lady Ermyntrude, como esperava fazer, teve que partir para levar Golithos e Mãe Meldrum a julgamento. Saiu a cavalo logo cedo e a grande velocidade com os seus homens. Já que o trabalho tinha que ser feito, que fosse terminado o quanto antes.

Os Snergs e os holandeses foram bem acolhidos pela população. Visitaram alguns locais públicos, como o edifício das Ciências e Artes, e compareceram à cerimônia de inauguração de um novo cocho para cavalos na praça do mercado. Um belo banquete, presidido pelo prefeito, foi oferecido aos visitantes na prefeitura.

Sylvia e Joe se divertiram ao máximo. Foram às compras com Lady Ermyntrude, que precisava de alguns forros e um pedaço estreito de entremeio, e depois passearam com Gorbo e cada um comprou uma canequinha e um pires de porcelana como lembrança. Estavam muito contentes, pois de modo geral havia sido uma expedição bem-sucedida e interessante; embora tivessem que voltar para casa dali a dois dias (um Snerg fora enviado o mais rápido possível para que a Srta. Watkyns soubesse que estavam a salvo) e quisessem ficar mais um pouco, os dois também estavam ansiosos para contar às outras crianças tudo o que acontecera. E queriam muito saber o que a Srta. Watkyns e as outras senhoras achariam de tudo isso.

Houve um baile no palácio naquela noite. Entre os presentes estavam Joe e Sylvia, mas somente por pouco tempo, pois o Rei disse que eram novos demais para intemperança. Foram dormir embalados pela música distante de rabecas, saltérios e violas de gamba. Sem dúvida momentos de genuína alegria.

71. E o Dia Depois do Dia Seguinte

"Ahá!", exclamou o Rei Kul, esfregando as mãos ao colocar os olhos na mesa do café da manhã. "Que coisas boas temos para comer esta manhã? Vejo rins... arenque defumado... presunto temperado... tortas de diversos sabores. Venha, nosso primo de Snerg, e deixe-me recomendar a torta de tetraz."

"Obrigado", respondeu o Rei Merse, servindo-se com fartura. "Há muitos tetrazes por aqui?"

"Em abundância. Quando tornar a nos visitar, precisamos ir à caça com falcões. Mynheer Vanderdecken, este vinho é de boa safra. Deixe-me encher-lhe a taça... Mas onde estão nossos pequenos convidados? Ouvi a conversa animada dos dois há algum tempo de minha janela, enquanto tomava meu hipocraz e me servia de um sanduíche."

Antes que alguém pudesse responder, Lady Ermyntrude entrou correndo no salão, erguendo o vestido a quase um palmo do chão para facilitar os movimentos.

"Meu senhor", disse ela, ofegante, "não consigo encontrar as crianças! Deixei-as há cerca de uma hora para empoar meu... quero dizer, para arrumar o meu toucado... e elas se foram!"

"Foram para onde?", exclamaram os dois monarcas, levantando-se.

"Ai, não sei dizer. Os serviçais procuraram nos jardins e gritaram os seus nomes, mas não conseguiram encontrá-las. Os guardas nos portões do palácio não as viram passar. Mas as crianças sumiram!"

"Ora, ora", disse o Rei Kul, "isso parece impossível. Elas estão lhe pregando alguma peça. Vasculhou as bordas herbáceas?"

"Sim, meu senhor, todos os lugares. Mas não consegui encontrá-las."

Em meio à comoção geral, o Capitão da Guarda foi chamado e apareceu correndo, mastigando um pedaço de pão e limpando com a mão algumas migalhas.

"Ora essa!", exclamou o Rei, irritado. "Você precisa aprender a comer na hora certa. Não gostamos dessa mastigação em nossa presença. Agora, diga-me se aquelas crianças passaram pelos portões esta manhã."

O Capitão fez um esforço e engoliu o que restava do pedaço de pão. "Não, meu senhor", respondeu. "Somente serviçais entraram ou saíram pelos portões, a serviço de Vossa Majestade. Eles e um velho."

"Como era esse velho?"

"Do tipo comum, meu senhor. Apareceu esta manhã para oferecer galinhas gordas para a cozinha de Vossa Majestade. Tinha uma barba rala grisalha, usava um chapéu pontudo e um manto e montava um burro."

"Isso não nos ajuda muito", observou o Rei, ponderando com afinco.

"Nem um pouco, meu senhor. Ficamos felizes ao ver o velho ir embora, pois quando vendeu as galinhas, ele tirou uma gaita de foles debaixo do manto e tocou uma música abominável. Partiu montando no burro, com os pés apoiados nos dois cestos cobertos que iam

E O DIA DEPOIS DO DIA SEGUINTE

pendurados em cada flanco do animal, e não houve uma só pessoa que não tapou os ouvidos com a aproximação do velho. Meus próprios ouvidos ainda estão zumbindo com os terríveis guinchos."

"Basta desse velho e de seus ouvidos", disse o Rei, impaciente. "Agora, que meus soldados procurem..."

O monarca foi interrompido pelo surgimento repentino de Gorbo, que corria em meio às pessoas e agitava os braços.

"É a Mãe Meldrum!", gritou o Snerg. "O velho era a Mãe Meldrum! Ela finalmente conseguiu botar as mãos nas crianças!"

"E onde ela as colocou?", urraram o Rei e mais algumas pessoas.

"Nos cestos! Enfiou as crianças nos cestos e tocou a gaita de foles para que as pessoas não as ouvissem gritando! Oh...!" Aqui ele atirou o gorro no chão e pulou em cima, arrancando os cabelos.

Por um momento fez-se um silêncio de espanto. O fato de Gorbo, já famoso por estas paragens como o grande tolo da estranha raça dos Snergs, encontrar a solução para o mistério foi um certo choque. O Rei Merse olhou para Gorbo como se estivesse presenciando um milagre.

"Ele está certo!", exclamou o Rei Kul. "Se este aparvalhado e mastigador tivesse tido o bom senso de perceber o que está claro a todos nós" (o Rei esqueceu que ele mesmo não havia percebido até que lhe gritassem), "aquelas crianças não estariam agora em poder daquela megera. Que ninguém descanse até que sejam encontradas, ou vingadas... Ah, aí vem alguém que pode nos ajudar", continuou ele. "Seja bem-vindo de volta, Sir Giles. Alguma novidade?"

"Sim, Vossa Majestade, várias", respondeu o capaz cavaleiro, atravessando o salão ao retinir da armadura. "Mas não encontrei Golithos. A não ser por uma variedade de entulhos, sua torre está vazia, com as portas balançando ao vento. Ele fugiu." O cavaleiro tinha a voz rouca pelo cansaço e a armadura mostrava sinais de uma árdua viagem.

"Fugiu, é? E Mãe Meldrum?"

"Também fugiu... provavelmente em uma vassoura. Sua casa está desmantelada e deserta, e não há dúvida de que os seres nefastos da floresta assombrada lá vão se refestelar hoje à noite. Ugh!" Estremeceu, pois, embora fosse destemido quando o que estava em questão era um número razoável de patifes, o sobrenatural em nada lhe apetecia.

"Estranho", disse o Rei, pensativo. "A trama se complica... Mas está cansado, Sir Giles. Sente-se ao nosso lado enquanto consideramos a questão."

"Obrigado, meu senhor, mas prefiro ficar de pé. Fiquei sentado por uma vintena de horas ou mais."

"Receio que terá de ficar sentado mais algumas, bom cavaleiro, pois é preciso que suba no cavalo e torne a partir com os seus homens. Venham, senhores, pensemos em que providências tomar agora."

72.
MAIS UMA VEZ PRISIONEIROS

Em uma floresta de árvores dispersas e mirradas, a muitas milhas de Banrive, Mãe Meldrum tocava adiante o burro sobrecarregado com ajuda de um porrete. Ao lado caminhava a forma gigantesca de Golithos, com uma grande trouxa amarrada aos ombros e carregando o poderoso machado. Os dois foram tomados por uma espécie de contentamento horrível enquanto seguiam em silêncio, quebrado apenas pela risada ocasional de Golithos e pela batida do porrete ao acertar as costelas do animal. Em volta deles andavam sete gatos pretos enormes.

"Já podemos ir com mais calma agora", disse Mãe Meldrum por fim. A bruxa tirara o manto e, com a roupa masculina que usava e sem a barba falsa, estava com uma aparência particularmente hedionda; a barba pelo menos havia ocultado parte do seu rosto. "Não falta muito para os rochedos áridos e ninguém se aproxima deles além deste ponto. Está tudo indo muito bem."

"Está, não é mesmo?", disse Golithos. "Sabe, fiquei muito preocupado, esperando do lado de fora da cidade com as suas trouxas e os gatos. Achei que você jamais apareceria. Tinha medo de que algo tivesse acontecido e que você não tivesse conseguido encontrar os pequeninos."

"É porque você é um tolo", disse ela com a franqueza de costume. "Botei as mãos nas crianças quase que de imediato, como eu sabia que botaria. Não comece a reclamar de mim!"

"Não, claro que não. Mas os gatos me deixaram muito aflito, rosnando, não parando quietos e enrolando as cordas. E quando tentei separá-los, eles simplesmente arrancaram pedaços de mim. Olhe as minhas mãos."

"Que bom que eles arrancaram; queria que tivessem feito mais. Você também perdeu um dos meus gatos, seu idiota! Se ele não aparecer logo, vou me lembrar disso quando acertarmos as contas."

"Mas não foi mesmo minha culpa", disse Golithos rapidamente. "Eu o soltei por um momento para desembaraçar as cordas e ele me arranhou e saiu correndo. O gato vai aparecer."

"Caso contrário, você estará encrencado. Agora, vamos parar um pouco e ver como estão as coisas."

"Sim, vamos", disse Golithos, ávido.

"Fique longe! Sem tocar." A bruxa ergueu a tampa de um dos cestos pendurados no burro e desamarrou a boca de um saco grosso que havia lá dentro. "Ahá, agora está cansado de choramingar, não é? Bom para você."

Joe colocou a cabeça para fora do saco e olhou para a bruxa, lívido e horrorizado.

"Saia e ande!", ordenou ela. "Não, espere um pouco: vou ter que amarrar as suas mãos para trás."

A bruxa o amarrou e prendeu a corda à trouxa enorme que era a principal carga do burro. Então foi até o outro cesto e soltou Sylvia.

Os olhos da pobre Sylvia estavam inchados de tanto chorar e se via no rosto da menina um horror estarrecedor. Estremeceu de medo ao sair do cesto, o belo vestido de seda com as flores e abelhas douradas todo amassado e manchado pelo saco imundo onde fora enfiada e amarrada, e olhou para o rosto da velha bruxa.

"Não chegue perto!", gritou Mãe Meldrum, pois Joe havia se aproximado de Sylvia para lhe consolar como podia, o que não era muito. "Um de cada lado. Agora, andem!"

Partiram mais uma vez, com Joe e Sylvia andando atordoados de cada lado da bruxa, Golithos atrás carregando suas coisas e conduzindo o burro, e os gatos se movendo ao redor deles como uma matilha de sinistros cães de caça.

"Você foi esperta de pegá-los do jeito que pegou", disse Golithos, para deixá-la de bom humor. "Parece que consegue que as coisas saiam do jeito que quiser."

"Oh, sou bastante esperta. Apenas apareci com minha meia dúzia de galinhas gordas e as ofereci por uma bagatela, e conversei com o velho cozinheiro gordo sobre coisas em geral até que vi esses pirralhos aparecerem procurando por alguma novidade. Encontraram uma novidade, sem dúvida alguma. Dei bom dia aos dois e perguntei se sabiam de algum lugar calmo no jardim onde eu poderia soltar um coelhinho, pois era muito cruel manter um coelho numa gaiola e o bichinho seria muito mais feliz no jardim. E me levaram a um lugar muito belo e calmo, repleto de arbustos densos e coisas do tipo. Ho, ho, ho! Enfiei os dois nos sacos antes que pudessem começar a pensar no que estava acontecendo. E quando começaram a gritar, eu já os tinha nos cestos e subi no burro e comecei a tocar a gaita de foles. Alguns jardineiros e outras pessoas vieram correndo, mas continuei em frente com o burro e a soprar a gaita e tudo que eles queriam era nunca mais me ver pela frente. E na rua uns ficaram me olhando e alguns jogaram cenouras e outras coisas em mim, mas não parei de tocar a gaita até estar longe de Banrive. Ho, ho, ho!"

Golithos deu uma risada medonha e as crianças se encolheram, enquanto andavam aos tropeços. Mãe Meldrum puxou com raiva a corda que os prendia e disse para andarem direito, caso não quisessem mais problemas.

"Não as faça andar muito depressa", disse Golithos. "Pobres coisinhas, não é bom deixá-las muito cansadas! Crianças emagrecem tão fácil", acrescentou, com um toque de compaixão.

"Elas vão andar e você vai andar e eu vou andar o quanto eu quiser que se ande!", gritou a bruxa em um de seus rompantes de fúria.

"Oh, sim, é claro", disse Golithos ligeiro. "Eu só estava sugerindo..."

"Bem, não sugira. Você tem um trabalho a fazer antes de precisar se preocupar com as crianças estarem magras ou gordas. Assim que passarmos dos rochedos áridos, você não terá mais nada a ver com elas até ter terminado o serviço."

"Oh, vou terminar, não se preocupe", disse o ogro, girando o gigantesco machado. "Vê-las me fez um bem imenso. Vou voltar e me esconder próximo a Banrive até ter uma oportunidade. Não levará muito tempo, pois você disse que o Rei sai para caças com falcões dia sim, dia não, e não será muito difícil me aproximar quando ele estiver montado no seu velho cavalo gordo e olhando

MAIS UMA VEZ PRISIONEIROS

para o céu. Irei fazê-lo em pedacinhos num instante. E se vinte de seus homens vierem para cima de mim, acabarei com todos eles, como eu costumava fazer antigamente." Soltou uma gargalhada ruidosa e fez o ar zunir ao passar o machado por cima da cabeça.

"Finalmente vou conseguir parte do que quero", disse Mãe Meldrum, enquanto olhava Golithos com aprovação. "Apenas parte, pois há outros na cidade com quem tenho contas a acertar. Espere até estarmos acomodados do outro lado dos rochedos áridos e conseguiremos causar bastante estrago, de um jeito ou de outro. Quando perceberem o desaparecimento ocasional de suas criancinhas, desejarão ter me deixado em paz com o meu pequeno negócio na cidade e não ter feito o Rei me mandar embora.

Golithos dançou desajeitado de alegria com a menção de um bom suprimento de seu alimento natural. "Imagino", disse ele quando se acalmou um pouco, "que não haja chance de encontrarem o caminho pelos rochedos?"

"Nem um pingo de chance. O caminho é através de um buraco próximo ao topo do grande penhasco e, mesmo que encontrassem o buraco, acabariam perdidos em dois minutos se tentassem seguir a trilha. Há cinquenta pequenos túneis que se ramificam em todas as direções e sou a única que sabe qual é o certo. Além disso, não ousariam nos seguir: há outras coisas lá além de morcegos e trevas. Não, ficaremos bem à vontade. Existe uma velha torre que você pode usar como morada e há uma casinha nas árvores que servirá para mim, onde me instalarei confortavelmente com os meus gatos."

Continuaram caminhando em um silêncio contente durante algum tempo. Felizmente, de certa forma, Sylvia e Joe estavam por demais estupefatos de horror para compreenderem o destino hediondo a que estavam fadados e seguiam em frente da melhor maneira que podiam, com Mãe Meldrum dando a entender de vez em quando com um puxão feroz nas cordas que os dois não estavam andando rápido o bastante.

73.
Os Rochedos Áridos

Depois de meia hora, Mãe Meldrum grunhiu de satisfação. "Aqui estamos, finalmente", disse ela. "Olhem para cima, queridinhos, e vejam o que vão escalar."

Haviam saído da parte mais densa das árvores mirradas para um espaço aberto, e as crianças tremiam quando viram adiante um desfiladeiro profundo de pedras nuas e pontudas. Do outro lado, as paredes se erguiam em um penhasco que, embora não fosse muito mais alto do que o lugar onde se encontravam, era bastante escarpado e evidentemente difícil de ser escalado por qualquer pessoa que não conhecesse o caminho. Não havia nenhum sinal de vida ou vegetação nos rochedos. Era uma terra nova e estranha sobre a qual se abatera uma praga e onde parecia pairar um horror constante.

"Vamos descer por uma trilhazinha que conheço", disse Mãe Meldrum rindo, "e então vamos subir por uma trilhazinha que conheço. E próximo ao topo existe um tunelzinho que conheço e vamos seguir por ele até chegarmos a uma casinha que conheço. Não estão desejando agora que não tivessem fugido da velha Mãe...?"

Ela parou e virou-se para olhar algo. Golithos, que estava ouvindo as palavras da bruxa com um sorriso cruel no rosto, parou e olhou rapidamente na mesma direção.

"Pensei ter ouvido Gubbins", disse Mãe Meldrum (Gubbins era o gato desgarrado).

"Oh, estou tão feliz!", disse ele. "Eu não queria que você o perdesse. Ele deve ter nos alcançado. Ah, lá está ele! Bem que achei que não demoraria a nos encontrar.

"Sim, seu tolo!", rosnou a velha, bufando de raiva. "E veja quem está vindo atrás dele! É o que dá confiar num incapaz como você!"

"É aquele Snerg de novo", disse Golithos, apreensivo.

Os corações das crianças deram pulos de alegria e esperança. Bem ao longe, e a uma boa distância do gato preto que se aproximava, viram uma pequena figura correndo. Era Gorbo, e as crianças se livraram do peso do terror ao avistar o amigo.

"Parece que, por algum motivo, não consigo me livrar dele", continuou Golithos, já sem o ar de um homem pronto a realizar grandes feitos. "Mas ele ainda não nos viu por causa dessas árvores. Vamos até a parte mais fechada para nos esconder até o Snerg se aproximar, então eu pulo e dou cabo dele antes que possa gritar."

"Venham, fedelhos, ou matarei vocês aqui!", gritou Mãe Meldrum.

A bruxa puxou as cordas com força e as crianças tiveram que segui-la até o meio das árvores. Golithos deu um puxão na corda usada para conduzir o burro, e este, como sua natureza lhe ensinara a fazer, por sua vez puxou de volta. Com um uivo de raiva, o ogro segurou a corda com mais firmeza e arrastou o burro por alguns metros. Então a corda se rompeu, e o animal deu a volta e disparou pelo caminho por onde viera.

"Agora você conseguiu, seu tapado!", berrou Mãe Meldrum. "Agora o Snerg saberá que estamos aqui! Oh, vou acertar as contas com você, Golithos, assim que sairmos dessa!"

"Mas não tem problema", implorou Golithos. "Ele virá nos procurar do mesmo jeito. Oh, por favor, faça silêncio, o Snerg pode estar se aproximando agora mesmo. Se ele nos ouvir, não vou conseguir pegá-lo de surpresa!"

A velha conseguiu se controlar o suficiente para fazer silêncio, embora seu rosto estivesse lívido de fúria. Ela arrastou as crianças para a parte mais densa das árvores, empurrou-as e agachou-se ao lado delas, cercada pelos gatos, que pararam a uma ordem da bruxa e deitaram quietos no chão. Golithos foi para trás de uma árvore, com o machado preparado.

Gubbins, o gato desgarrado, veio trotando pelo caminho. Viram-no parar e farejar. Olhou para trás de modo convidativo e, fazendo "mi-aau, mi-aau!" com uma voz aguda e forte, passou ronronando por entre as árvores e cumprimentou sua dona e seus irmãos gatos. Mãe Meldrum o silenciou com um cascudo na cabeça e o gato também se deitou.

Fez-se um silêncio total por um ou dois minutos. Então, de repente, a bruxa deu um pequeno grunhido, pois Gorbo aparecera, caminhando com passos silenciosos e olhando em todas as direções, com uma flecha pronta no arco.

74. Como Gorbo Encontrou o Caminho

Por si só, as medidas tomadas pelo Rei Kul para procurar as crianças teriam acabado em fracasso e tragédia. Embora possuísse uma personalidade estimável, o Rei não era famoso por lidar com situações difíceis, especialmente aquelas que, na falta de um termo melhor, devemos chamar de assuntos de polícia. O reino estava em paz há tanto tempo que o monarca perdera o jeito para a coisa; além do mais, os seus súditos, um ramo amigável, porém confuso da época medieval, pouco podiam ajudar no caso, pois ninguém podia dar informações a respeito da estrada que havia sido tomada pelo suposto velho com o burro e os cestos grandes e a gaita de foles. Também os cavaleiros — com exceção de Sir Giles, que possuía uma boa dose de vivacidade (o que fez com que conquistasse a moça mais bonita da corte) — tinham certa carência de prática devido à diminuição de dragões, pilantras e outros habitantes indesejáveis, e feitos de cavalaria eram praticados mais como esporte do que encarados com efetivo interesse por eles. Assim, ainda que tropas tenham sido enviadas em todas as direções, elas partiram sem instruções definidas e apenas ficaram perambulando, interrogando severamente pessoas inocentes, inspecionando sótãos em pacíficas casas de fazendas e angariando uma antipatia generalizada sem obter nenhuma pista.

Entretanto, Sir Giles teve uma ideia que possuía certo fundamento. A fronteira do extremo oeste do reino ficava distante a mais ou menos meio dia de cavalgada e a terra do outro lado, embora ninguém tivesse conhecimento de algo definido a respeito dela, era de uma péssima reputação. Era costume considerá-la como o lugar para onde foram os dragões, os vilões e outros indivíduos no decorrer dos últimos séculos, e o cavaleiro achava provável que Mãe Meldrum e Golithos a tivessem escolhido para se instalarem; portanto, pegara o escudeiro e mais dez homens e partira para lá a toda velocidade. A ideia, como eu disse, no geral era boa. A única razão que a impedia de ser bem-sucedida era o fato de Mãe Meldrum e Golithos terem ido na direção oposta.

Enquanto o Rei Kul discutia a situação e fazia sugestões, o Rei Merse saiu às pressas com Gorbo e reuniu seus Snergs, e Vanderdecken se juntou a eles com seus holandeses logo em seguida. Mas eles, como os outros, tinham pouca noção de qual seria a melhor direção a seguir até Gorbo lhes chocar pela segunda vez ao fazer uma sugestão realmente prática.

Enquanto os homens entravam em formação e aguardavam por ordens, com o Rei Merse e Vanderdecken já sem saber que ordens dar, Gorbo saiu correndo de súbito e foi olhar por entre as pernas de alguns cidadãos que se aglomeravam próximo ao antigo Salão do Mercado. As pessoas estavam olhando para um gato de pretura e tamanho exagerados que se entretinha com um osso. Nenhum dos presentes visitara Mãe Meldrum profissionalmente, então ninguém reconheceu o

COMO GORBO ENCONTROU O CAMINHO

animal como um de seus gatos; as pessoas apenas se indagavam sobre a aparência do bichano, uma vez que os gatos de Banrive, via de regra, eram pequenos e de cor amarelada ou cinzenta com listras.

Gorbo agiu com uma presteza inspirada pelo pesar e a consciência de que o tempo voava. Correu até uma banca de peixes e pediu meio quilo de sardinhas em nome do Rei e uma sacola de palha para levá-las. Retornou e, abrindo caminho em meio à multidão, ofereceu uma sardinha ao gato. O animal pegou o peixe com um rosnado feroz e o comeu, e então olhou para cima, na esperança de ganhar mais. Gorbo não lhe deu outro peixe de imediato, mas passou a mão no gato e deixou que cheirasse a sacola.

"O gatinho quer mais uma sardinha?", disse o Snerg calmamente. "Então o gatinho precisa ganhar a sardinha."

O animal, apesar da evidente inteligência acima da média para a raça, obviamente não podia compreender por completo. O que entendeu com facilidade foi que este homem pequeno (que lembrava já ter visto antes) era alguém que tinha em seu poder peixes numa sacola, então começou a ronronar alto e a se esfregar no homem, esperando que este fizesse o que era decente e lhe desse outro peixe.

Gorbo segurou no alto outra sardinha e foi andando para trás na direção de seus irmãos Snergs, e o gato o seguiu.

"Veja!", disse ele ao Rei Merse. "É um dos gatos de Mãe Meldrum! Talvez possa nos levar até ela."

O Rei Merse olhou para ele admirado com sua perspicácia. Vanderdecken colocou a mão no ombro de

Gorbo. "Este seu camarada está melhorando", disse ele. "Só nos resta tentar."

"Tentaremos", disse o Rei. "Vá na frente, Gorbo, com o seu gato, e seguiremos a certa distância."

A população recebeu ordens de liberar a estrada e Gorbo, após dar uma terceira sardinha como incentivo, caminhou na direção do portão da cidade. O gato foi atrás, mastigando e rosnando. Ao chegar a um espaço aberto além das muralhas, Gorbo gesticulou para que o gato tomasse a estrada. Pouco depois, o animal olhou ao redor e farejou o chão; andou um pouco e farejou de novo. Gorbo o observava ansioso.

"Vá para casa da mamãe, então!", disse ele, erguendo a sacola. "Para casa e para os velhos gatos pretos."

O gato se virou e olhou para o Snerg e então, com um miado terrível, partiu a trote. Gorbo o seguiu e o gato, parando apenas por um instante para se certificar de que a sacola de peixes vinha logo atrás, desceu por uma trilha estreita que levava a uma mata.

O animal permaneceu firme na trilha assim como Gorbo, que o seguia. E cerca de um quarto de milha atrás deles vinham os passos leves dos Snergs e as pisadas fortes das botas dos holandeses, que iam ligeiros no encalço dos dois.

75. A Reforma de Golithos

Quando Gorbo apareceu no espaço aberto além das árvores, Mãe Meldrum sacudiu o punho com fervor na direção de Golithos para encorajá-lo e, por um instante, deixou de prestar atenção nas crianças. Porém, esse instante foi suficiente para Joe, que vinha tentando soltar as mãos da corda (o menino aprendera truques com cordas na época em que vivia no circo) e agora estava com elas livres. Não demorou para desamarrar as mãos de Sylvia e ajudou gentilmente a menina a se levantar. "Corra", sussurrou ele ao ouvido da outra. E, com um pulo, saíram em disparada, Joe segurando a mão de Sylvia com firmeza e a conduzindo por entre as árvores.

Ouviram um grito selvagem vindo de trás, mas já haviam deixado as árvores e correram até Gorbo que, com um grito, adiantou-se para ir ao encontro dos dois.

"Esconda-se nas árvores!", gritou Joe. "Golithos está vindo!"

Gorbo deu um salto e olhou rapidamente ao redor. Então, num segundo, correu com as crianças para a sombra das árvores do outro lado do espaço aberto. Fez um som de espanto e alegria, parecido com um soluço, e então deu meia-volta, mais uma vez com o arco preparado. "Deitem-se e fiquem escondidos", disse ele, sem virar a cabeça.

"Mas Golithos está lá!", disse Sylvia com um gemido. "Vamos fugir, Gorbo!"

"Não eu", disse Gorbo. "Apenas não façam barulho."

O silêncio foi absoluto por algum tempo. Então ouviram a voz de Golithos chamando do outro lado do espaço aberto.

"É você, Gorbo?", perguntou.

"Sou eu", respondeu o Snerg.

"Olhe aqui", continuou a voz, "vá embora e eu deixo você ficar com as crianças. Aí está!"

"Obrigado", disse Gorbo.

"Oh, mas seja razoável. Vamos discutir o assunto com calma; não é bom ser pouco amistoso. É só aparecer para podermos tratar disso."

"Muito bem", disse Gorbo. "Apareça você também." O Snerg caminhou até a borda da floresta e ficou parado olhando para o outro lado.

"Mas não consigo ver você", disse Golithos. "Precisa mostrar que confia em mim, e então aparecerei."

"Será que assim é do seu agrado?", Gorbo deu uns seis passos para além das árvores.

"Sim, assim é melhor, Gorbo. Veja bem, não quero lhe machucar." (De onde estavam escondidas, as crianças podiam ouvi-lo passar aos tropeços por arbustos e gravetos.) "Sempre gostei de você e se pudermos resolver a questão..."

Golithos urrou e avançou com um pulo, balançando o poderoso machado no alto.

Tchug.

Golithos interrompeu a investida a menos de dois metros de Gorbo e balançou no lugar. O machado caiu no chão.

Tchug... Tchug.

Golithos se curvou e tombou com um baque que fez o chão tremer. Havia três flechas cravadas atrás de sua cabeça.

76. Mãe Meldrum se Vai

As crianças se atiraram sobre Gorbo, que as abraçou; Sylvia era sacudida pelo pranto. O Snerg as apertou por um instante e então se afastou com um pulo. "Onde está Mãe Meldrum?", perguntou com urgência.

"Ela está lá", disse Joe, apontando para as árvores do outro lado.

Gorbo se esgueirou com cautela, olhando em volta enquanto avançava. "Vejam!", exclamou de repente, apontando para o outro lado do desfiladeiro.

A velha bruxa estava escalando os rochedos, e atrás dela iam os gatos pretos. Gorbo correu até a beira do desfiladeiro e disparou. A flecha não alcançou a bruxa. Ele continuou disparando, mas era inútil; a distância era grande demais para um arco. E Mãe Meldrum continuava a escalar, com uma agilidade e uma força que pareciam milagrosas.

Gorbo se virou mais uma vez, pois atrás dele vinha um som de muitos passos pesados. Surgiram os Snergs e os marinheiros holandeses, encabeçados por seus líderes. As crianças e o corpo caído de Golithos atraíram a atenção dos recém-chegados apenas por um momento, pois Gorbo gritou que Mãe Meldrum estava escapando.

Os Snergs se enfileiraram ao longo da borda do desfiladeiro e dispararam sem cessar, de modo que o céu ficou repleto de flechas, mas a velha bruxa há muito já estava fora de alcance e sabia disso. Ela alcançou uma parte plana perto do topo do penhasco, e o túnel que atravessava os rochedos áridos ficava próximo dali. Com uma risada estridente que soou de forma medonha pelo desfiladeiro, Mãe Meldrum começou uma fantástica dança de triunfo, algo entre uma jiga irlandesa e a courante. Ó visão pavorosa!

Mas pouco sabia essa bruxa da época medieval dos avanços da ciência. A voz de Vanderdecken (que com muita sabedoria treinara os marinheiros para uma ocasião dessas) ressoou:

"Mosqueteiros, avançar! Apresentar mosquetes! Preparar mosquetes! Apontar mosquetes! Fogo! Descansar mosquetes!"

Ao som de "Fogo", trinta e três tiros sacudiram o ar e ecoaram pelo desfiladeiro rochoso. Uma nuvem de fumaça escura pairava sobre o local.

A fumaça se dissipou.

"Onde está Mãe Meldrum?", perguntou o Rei Merse.

Vanderdecken lhe passou a luneta. "Há algo como retalhos grudados nas rochas", disse ele. "E acho que posso ver uma mão pendendo da beira do penhasco. Veja e diga o que acha."

"Sim", concordou o Rei Merse ao olhar, "é exatamente como você disse. Aquela é Mãe Meldrum... ou parte dela."

Era isso mesmo. Quando trinta e três mosquetes do tipo fabricado na época de Vanderdecken, carregados com balas duplas e um punhado de chumbo grosso, são disparados em conjunto por exímios atiradores contra o mesmo alvo, o resultado é eficaz. Mãe Meldrum foi feita em pedacinhos.

77. Acabados
todos os
Problemas

Os sinos de Banrive badalaram com estrépito quando o alegre grupo de Snergs e holandeses chegaram com as crianças sãs e salvas e soube-se que Golithos e Mãe Meldrum haviam morrido.

O burro fora encontrado tentando se livrar da carga se esfregando em uma árvore, e os Snergs desataram as trouxas e escolheram o que havia de valor nelas e jogaram o resto fora. Colocaram então Joe e Sylvia em cima do burro e seguiram adiante, cantando canções marítimas que os holandeses lhes ensinaram. Sylvia se recuperou logo do pior do choque, e ainda que estivesse bastante preocupada com o estado amassado e de sujeira de seu belo vestido novo, em pouco tempo a menina já se juntara, acanhada, à cantoria. Joe não tinha tanto choque do qual se recuperar, pois era do tipo que não se preocupa com problemas que já acabaram, e cantou com vontade.

Gorbo recebeu o lugar de honra à frente e caminhava com passos ligeiros, embora carregasse o enorme machado de Golithos, que era seu de acordo com as regras da guerra. Ele foi alvo de uma dose de pilhéria jovial por causa do gato Gubbins, que não partiu para se juntar aos seus irmãos gatos (a essa altura sem dúvida grandes caçadores na terra dos rochedos áridos) e se apegou ao Snerg. É possível que o animal tenha gostado dos traços faciais de Gorbo, ou é possível que achasse bom ficar perto de um homem com uma sacola de peixes, mas deixarei que os naturalistas decidam; tudo o que sei é que o gato foi à frente de Gorbo, com o rabo empinado, pisando de maneira parecida com a dos bodes que fazem parte de certos regimentos britânicos.

O Rei Kul abraçou as crianças, quase às lágrimas, e com as próprias mãos entregou a Sylvia o cachorrinho, que ficara andando desconsolado de um lado para o outro à procura deles. O Rei fez um discurso agradecendo aos Snergs e aos marinheiros pelo grande serviço prestado ao seu reino. Quando o Rei Merse lhe contou que Gorbo matara Golithos sozinho, o monarca disse apenas: "É mesmo? É muitíssimo digno de crédito... considerando tudo." Ele não conseguia superar sua antipatia por Gorbo.

Contudo, prevaleceram sentimentos mais nobres. O Rei Kul foi até a sua câmara particular e procurou algo em uma pequena cômoda. Ao retornar para o salão, disse a Gorbo que se aproximasse e ajoelhasse.

"Por meio desta", disse ele, colocando em volta do pescoço do Snerg uma fita colorida com um medalhão, "eu lhe nomeio Companheiro da Ordem dos Funileiros Errantes. Use-a com dignidade."

Gorbo, corado, ergueu-se em meio ao burburinho de aplausos, agradeceu profundamente ao Rei e se retirou de costas. Estava cheio de um orgulho e uma felicidade que o deixaram tonto. Enfim foi oficialmente reconhecido que ele escapara da vergonha de ser o maior tolo da raça dos Snergs. Sylvia e Joe correram até o

ACABADOS TODOS OS PROBLEMAS

amigo e pediram para ver a comenda. O medalhão era de bom gosto, representando um homem com armadura completa consertando uma panela (Sir Bors, um funileiro que se tornara cavaleiro no campo de batalha). A ordem era antiga e Gorbo tinha plena razão de estar orgulhoso. Dava-lhe livre passagem pela cidade e o direito de tirar as botas (caso lhe machucassem) na presença do Rei.

Lady Ermyntrude encarregou-se das crianças e lhes disse para que vestissem os uniformes da Baía Watkyns (que tinham sido lavados e passados) enquanto as suas roupas novas eram enviadas para serem lavadas a seco. As pessoas encarregadas de tal tarefa eram diligentes e prometeram que, ao meio-dia do dia seguinte, as roupas teriam recuperado a beleza original — para grande alegria de Sylvia, que adorava seu vestido com abelhas douradas.

Foi uma ocasião feliz para todos. Sir Giles retornou de péssimo humor com o fracasso de sua jornada, mas quando ouviu que as crianças haviam sido trazidas de volta a salvo, adentrou rapidamente o salão e as abraçou com ardor. O cavaleiro disse que agora talvez o deixassem aguardar por uma boa noite de sono. Trocou a armadura manchada pela viagem por um traje de veludo vermelho-escuro que lhe caía muito bem, e sentou-se com Lady Ermyntrude atrás de umas cortinas e segurou a mão da dama, apesar dos avisos dela de que as pessoas os veriam. Baldry (que acho que nunca aprenderá) tentou promover o divertimento da corte esgueirando-se atrás do cavaleiro e acertando-o na cabeça com a bexiga de sua vareta; o bobo, no entanto, teve que fugir do palácio e se esconder pelo resto do dia, pois o Rei se recusou a lhe conceder proteção, dizendo: "Agora talvez você pense antes de agir."

78. DE VOLTA AO OUTRO LADO DO RIO

Mais um dia se passou e então, logo cedo, começou a viagem para casa. Despedidas animadas foram trocadas e entre os gritos da população a Força Expedicionária saiu pelo portão da cidade pelo qual entrou com incertas antecipações alguns dias antes, com Joe e Sylvia montados em pequenos pôneis (e vestidos com as roupas novas) e duas mulas conduzidas por responsáveis camponeses. Uma mula levava os presentes do Rei Kul para a casa real de Snerg e outros presentes para a Srta. Watkyns e as outras senhoras (incluindo algumas taças de prata trabalhadas de modo singular e um antigo chifre de unicórnio entalhado, apropriado como decoração de centro de mesa), e a segunda mula carregava dois barris de um vinho especial para Vanderdecken.

O Rei Kul prometeu visitar os Snergs se alguma espécie de ponte pudesse ser construída sobre o rio profundo, e Vanderdecken disse que ia considerar a questão e elaborar uma sólida ponte suspensa que não balançaria muito.

Passaram a noite no confortável castelinho do Senhor das Comarcas do Rei, que estava em casa quando chegaram e que, descobriram, era um homem agradável, se bem que com um leve toque de pomposidade, como o seu mordomo. Sir Bevis aceitou as desculpas pela invasão anterior da fortaleza e a ocupação das melhores camas e foi bem compreensivo, dizendo-lhes que entendia a urgência do caso e que eram muito bem-vindos. Aparentava de modo geral estar bastante aliviado com o término do seu trabalho. Protegera (nominalmente) durante uma longa vida a fronteira contra um eventual ataque dos Snergs, que agora provaram ser um povo bondoso e amigável, e ele podia muito bem estar cuidando de outros afazeres. Sir Bevis disse que no futuro dedicaria seu tempo à jardinagem, pela qual tinha uma paixão.

Despediram-se do anfitrião pela manhã e em poucas horas chegaram ao penhasco escarpado que se curvava sobre o rio, onde foram recebidos com grande alegria pelo grupo de Snergs que havia sido deixado ali para evitar qualquer interferência com a corda. Tinham construído um pequeno forte com uma trincheira ao redor e postado sentinelas da maneira apropriada. O Rei Merse lhes disse uma ou duas palavras de apreço militar.

Sylvia foi enviada com Tigre em um cesto grande, que os marinheiros prepararam à guisa de um bote salva-vidas, e chegou com segurança do outro lado, ainda que um pouco tonta e assustada por causa da altura terrível pela qual teve que passar. Joe recusou o cesto e se pendurou na corda e atravessou em grande velocidade, assim como os Snergs e os holandeses. Os presentes foram colocados no cesto e passados para o outro lado, seguidos pelos dois barris de vinho. Vanderdecken supervisionou pessoalmente a amarração desses últimos, pois disse que não ia correr nenhum risco estúpido com eles. Gorbo subiu na corda (em meio a vivas e risadas) com o gato agarrado no seu corpo, pois não conseguiram fazer com que o animal entrasse no cesto.

79.
DE VOLTA À CIDADE

Era apenas uma légua ou um pouquinho mais até a cidade, onde as notícias já haviam chegado. Ao se aproximarem, as crianças perceberam três figuras distintas por suas alturas entre os pequenos Snergs. A Srta. Watkyns e as Srtas. Scadging e Gribblestone chegaram montadas em ursos de confiança no dia anterior para recebê-las, e lá ouviram pela primeira vez a terrível aventura final das crianças.

Quando viram Joe e Sylvia chegando vestidos com roupas lindas de uma era longínqua, debulharam-se em lágrimas. Tal ato, embora de acordo com a personalidade de duas dessas senhoras, foi um tanto surpreendente vindo da Srta. Watkyns, que era contrária a demonstrações de sentimentos. Mas ela não chorou muito. Depois de dizer com rispidez às outras que parassem com a choradeira, a Srta. Watkyns perguntou às crianças se tinham ou não vergonha do que haviam feito. A essa altura ocorreu a Sylvia e Joe que talvez devessem ter, e disseram que tinham vergonha. Acredito que de fato tiveram, embora boa parte do sentimento tenha sumido em dez minutos.

Quase não é necessário dizer que essa era a ocasião para um banquete, e é preciso mencionar que Gorbo não se sentou mais na periferia e que estava apenas a sete lugares do Rei. Além da Ordem dos Funileiros Errantes (vista com certa inveja por muitos dos presentes), uma noz-moscada de latão brilhava no peito de Gorbo, pois o Rei Merse achou que ele de fato merecera.

80. De Volta à Baía Watkyns

Ocorre-me aqui que existe certa dificuldade em demonstrar uma moral tirada desta história que seja de fato útil, embora eu quase tenha feito alarde dizendo que essa moral surgiria para o aprimoramento dos meus leitores mais jovens. Pois por mais represensíveis que tenham sido a desobediência e a irresponsabilidade das crianças, não se pode negar que os resultados gerais dessa conduta foram benéficos. Sylvia e Joe contribuíram para a rápida remoção de duas pessoas que constituíam uma séria ameaça ao público. Ocasionaram o estabelecimento de relações amigáveis entre dois países e acabaram com dúvidas que existiram durante séculos. Por fim, retornaram em trajes magníficos e com presentes caros. Assim, talvez a única moral definida que pode ser deduzida é que, se você por acaso encontrar um ogro que diga estar reformado, finja acreditar nele até conseguir colocar as mãos numa arma e então estoure a cabeça dele na primeira oportunidade.

Ao chegarem à Baía Watkyns, as outras crianças se amontoaram em volta de Sylvia e Joe com gritos de felicidade e admiração, pois jamais viram em um livro de gravuras algo mais fabuloso, e nesse ponto havia um pouco do perigo de convencimento que a Srta. Watkyns temera. Mas ela logo deu um jeito nisso mandando que os dois trocassem de roupa, voltando para os simples, porém práticos, trajes de duas peças, e disse que as roupas novas deviam ser guardadas para ocasiões muito especiais, como as em que se usam fantasias. Isso, a propósito, levou à instituição de bailes à fantasia e criou uma quantidade extra de coisas a serem costuradas e passadas.

Sylvia e Joe ficaram muito felizes em voltar para as suas caminhas com colchões de lúpulo, e quando finalmente caíram no sono (muito tarde, pois houve uma boa dose de sussurros, já que as outras crianças queriam ouvir mais), embalados pelo barulho distante das ondas e pela leve esfregação dos ursos-de-canela na cerca do lado fora, os dois estavam muito em paz, contentes e determinados a se comportarem bem durante um tempo razoavelmente longo.

81. Para Concluir

Vanderdecken começou a trabalhar e construiu uma bela ponte suspensa, leve, mas resistente, sobre o rio profundo, e o Rei Kul visitou os Snergs e passou dois dias na Baía Watkyns. O monarca distribuiu os prêmios ao final do período letivo e fez um daqueles discursos sobre até mesmo crianças pequenas terem suas responsabilidades. Foram enviados convites para Joe e Sylvia e seis outras crianças comparecerem ao casamento de Sir Giles e Lady Ermyntrude, mas a Srta. Watkyns agradeceu profundamente Sua Majestade e disse que achava desaconselhável que elas fossem, pois a tendência era o evento deixá-las agitadas. Ela enviou como presente de casamento um elegante conjunto de toalete e manicure feito de casco de tartaruga, e a noiva lhe escreveu num pergaminho dizendo que o considerava o mais encantador de todos os presentes que ganhara. Era realmente bom; tinha sido comprado em Bond Street, em uma loja cara. Baldry passou da conta de uma vez por todas no casamento e ficou preso por sete dias. Tinha passado manteiga nos degraus do palácio.

Gorbo tem passado muito bem o tempo, vez ou outra fazendo algum trabalho, mas com mais frequência descansando. Gubbins, o gato preto, continua grudado no Snerg e viaja com ele para toda parte. O animal é ótimo caçador, principalmente de pássaros, lebres e animais desse porte, e aprendeu a apanhar e retornar com a caça, de maneira que Gorbo tem seu gato de caça como os reis egípcios de antigamente. O Snerg de vez em quando vai visitar Banrive e ver em que nova encrenca Baldry se meteu, e apresentar seus cumprimentos ao Rei. Nunca deixa de dizer "Oh, esse meu calo!" e descalçar uma bota.

A porta na região das árvores retorcidas e aquela que fica do outro lado do rio foram bloqueadas com alvenaria. Todos concordavam que, embora Gorbo e as crianças tivessem encontrado suprimentos enormes de cogumelos na caverna, havia um desagradável ar de magia no lugar e era melhor deixá-lo para lá. Eu nunca soube o que aconteceu na floresta sombria depois que Mãe Meldrum se foi e os morcegos e outros seres horripilantes ficaram com o lugar só para eles, pois ninguém, creio, jamais foi lá, o que denota bom senso.

O cavaleiro Sir Percival desistiu dos feitos de cavalaria no dia em que teve a aventura no castelo. Não diminuiu o passo apressado até encontrar-se mais uma vez na sua própria granjinha cercada por um fosso, e lá pendurou a armadura e a lança sobre a lareira do salão e decidiu viver sossegado, e se não pudesse conseguir uma esposa sem ser lutando por ela, permaneceria solteiro. Dedicou-se à criação de uma excelente variedade de porcos e nisso foi bem-sucedido, recebendo vários prêmios.

Vanderdecken e seus homens vez ou outra fazem um esforço extra para limpar o velho navio para a viagem de volta; mas há tanto a ser feito, com as algas e as

PARA CONCLUIR

cracas e o cordame a ser passado pelos moitões e tudo mais, que os holandeses se cansam em pouco tempo e dizem que não é bom se esfalfar trabalhando e que seria melhor irem caçar por um ou dois dias com os Snergs. Acredito que eles nunca irão embora. E não há nenhuma razão em particular pela qual devessem ir; as coisas estão muito bem do jeito que estão.

Há pouco mais a se contar agora. É possível que Joe e Sylvia venham a ser mandados para a Inglaterra se puderem encontrar pais adequados para os dois, sendo esse o procedimento costumeiro depois de alguns anos com a Sociedade (mas obviamente não anos no sentido comum); porém, não sei se algo concreto foi feito a respeito disso. Sou da opinião de que a Srta. Watkyns não os deixará ir embora por muito tempo, porque os dois sem dúvida mantêm o lugar animado. Ela tentou fazer com que tivessem um senso de responsabilidade encarregando-os de uma recém-chegada, uma menininha que era muito magra e chorona, mas, como resultado, ela se tornou arteira e quebrou uma janela por diversão.

Tigre vai bem, embora tenha tido uma leve indisposição em agosto passado. Mas nada sério.

A falta de espaço me impede de entrar em detalhes sobre os custos etc. da S.R.C.S., o que é lamentável, já que tenho certeza de que seriam de muito interesse para os meus leitores mais sérios. Portanto, direi apenas que a Sociedade está prosperando e encontra-se numa sólida situação financeira, e que a Srta. Watkyns e as outras senhoras têm uma quantidade imensa de trabalho para fazer, o que as mantêm em forma; diversas melhorias nas construções e ampliações foram feitas na Baía Watkyns. As crianças seguem felizes ano a ano, lentamente aumentando em número à medida que os novatos vão chegando, nadando no mar e fazendo suas várias brincadeiras e passeando pela floresta, vendo despreocupadas o tempo passar rapidamente, tal como faziam na era de ouro do mundo.

POSFÁCIO

Afinal, quem foi E.A. Wyke-Smith?

Apesar de *A Maravilhosa Terra dos Snergs* ser um dos livros favoritos dos filhos de Tolkien, em especial de Michael, e de ter inspirado a criação dos Hobbits, a obra e seu autor não são muito reconhecidos. O próprio Tolkien parece não ter tido contato com os outros livros de Wyke-Smith nem saber nada sobre ele pessoalmente. Sua história de vida, entretanto, é intrigante. Ele não apenas publicou oito romances (quatro para crianças e quatro para adultos) no período relativamente curto de seis anos, como teve uma vida fascinante e aventureira.

Edward Augustine Wyke-Smith era filho de um historiador famoso e nasceu em 1871. Ele cresceu perto da Floresta de Epping — distrito do condado de Essex, na Inglaterra —, onde brincava com seus irmãos, longe das vistas do pai autoritário que proibia romances e livros de aventura. Desde muito jovem, Ted, como era conhecido, mostrou talento e habilidade artística, mas preferiu se aventurar pelo mundo ao invés de estudar arte. Primeiramente, ele se juntou à Cavalaria de Guardas em Whitehall; quando seu pai descobriu, fez com que, com muito custo, o filho se retirasse do serviço.

Então, o jovem se juntou à tripulação de um grande veleiro, com o qual fez duas viagens memoráveis para a Austrália e, depois, outras duas para a costa oeste dos Estados Unidos, onde ficou ao final da segunda viagem. A partir dessas experiências iniciais, Wyke-Smith manteve um amor duradouro por navios e um profundo interesse por tudo relacionado à navegação e aos mares.

No oeste dos Estados Unidos, trabalhou por um tempo como *cowboy*, mas, embora gostasse do ofício, achou seus colegas de profissão um tanto sombrios e desagradáveis. Ao retornar à Inglaterra, Ted se estabeleceu e estudou engenharia na Escola de Minas de Camborne, em Cornwall.

Com uma profissão que o levaria a viajar muito ao longo da vida, ela teve azar em seus primeiros empregos após a formatura. No Panamá, contraiu febre amarela e, no Alasca, sofreu congelamento e quase perdeu uma orelha. Em meados da década de 1890, esteve no Mississippi como engenheiro em um barco a vapor. Pouco depois, trabalhou como engenheiro civil no Alabama, onde foi baleado na perna ao, inadvertidamente, montar seu cavalo no meio de uma disputa sulista. Ted ficou de cama por meses enquanto a ferida cicatrizava e sofreu com os efeitos desse incidente pelo resto da vida.

Em 1900, Wyke-Smith foi para o México, onde trabalhou como minerador e explorador de petróleo. Em 1907, conheceu Angela Henriqueta Honnorat, filha de um proprietário de minas francês. e logo ela e Edward descobriram que tinham muito em comum:

compartilhavam o amor pela literatura, história, poesia, arte e por gatos. Angela — que, embora tenha nascido na França, crescera em terras mexicanas — era uma soprano lírica profissionalmente treinada, e apresentou a Ted os prazeres da música clássica. Eles se casaram em 1909 na Cidade do México e logo tiveram o primeiro filho, uma menina, a quem chamaram de Frances Esther Wyke-Smith.

Em 1910, a revolução eclodiu no México. Quando teve início o cerco à capital do país, Angela e a pequena Frances ficaram presas na cidade, onde havia intensa troca de tiros por toda parte. Na época, Ted estava longe e tentava desesperadamente voltar para casa. Com o sistema ferroviário praticamente paralisado, ele precisou tomar de assalto um trem perdido e assumir ele mesmo a direção para, assim, conseguir retornar à capital e resgatar a esposa e a filha.

Pouco tempo depois, Wyke-Smith foi nomeado gerente geral na companhia de mineração de seu sogro e, no final de 1913, ele e sua família se mudaram para o Egito. Lá se estabeleceram na Península do Sinai, perto do Canal de Suez. No ano seguinte, após deflagrada a Primeira Guerra Mundial, Ted obteve uma comissão do Exército Britânico como capitão do Corpo de Engenheiros Reais. Em 1916, nasce seu segundo filho, um menino, chamado Edward Searle Wyke-Smith. No mesmo ano, o exército turco invade a península, que precisou ser toda evacuada, incluindo a família Wyke-Smith.

Perto do fim da guerra, Ted estava a serviço do exército e longe de casa. Sua filha Frances escrevia-lhe com frequência e, em uma das cartas, pediu ao pai que inventasse um conto de fadas para ela. Wyke-Smith nunca havia feito algo assim antes, mas não pôde resistir a tal pedido. Ele começou a enviar à garotinha parcelas semanais do que se tornaria seu primeiro livro, *Bill of the Bustingforths*.

Em 1918, já terminada a guerra, Angela dá à luz a segunda filha do casal, chamada — em homenagem à mãe — Angela Wyke-Smith (sempre conhecida como Nina).

Com o fim da guerra e a expulsão dos turcos da península, os britânicos assumiram o poder, para restaurar a paz e a estabilidade. Ted, que havia participado dessas operações militares, foi nomeado *mudir* (governador) de Sinai. Ele começou a reconstruir as minas e negociou pessoalmente um grande empréstimo para o governo egípcio.

Um ano depois, Wyke-Smith e sua família voltaram para a Inglaterra e se estabeleceram em Folkestone, uma cidade litorânea na costa do Estreito de Dover. Lá, sua esposa o persuadiu a retrabalhar as cartas em forma de livro e tentar publicá-lo. Ele, então, ofereceu a obra acabada para Humphrey Milford, da Oxford University Press, que prontamente o aceitou. O editor pediu que ele escrevesse também uma história para meninos, e Wyke-Smith rapidamente concluiu *The Last of the Barons*, que a editora publicou simultaneamente com *Bill of the Bustingforths*, em julho de 1921.

Em setembro de 1921, Wyke-Smith publicou pela editora Bodley Head seu terceiro livro infantil, uma paródia de *A Ilha do Tesouro* intitulada *Some Pirates and Marmaduke*. Foi um começo de carreira promissor, e as primeiras críticas marcaram Wyke-Smith como um escritor com distinto humor e sagacidade. Todos os seus livros infantis têm o delicioso traço comum de zombar de elementos e personagens tradicionais dos contos clássicos. Em *Bill of the Bustingforths*, por exemplo, três crianças vagam por uma floresta até encontrarem Augustus, um anão de mil anos de idade que conhecia a Chapeuzinho Vermelho e que, na verdade, tinha sido um dos responsáveis por ter pegado o lobo e salvo Chapeuzinho — que, aliás, havia se casado, deixara aquela parte do país e tinha agora oito ou nove filhos. No livro há também o velho Pelonius, o Lorde Chanceler da Terra de Toor, ou a Terra da Grosseria Presunçosa. Seu nome é grafado um pouco diferente do Polonius de Shakespeare em *Hamlet*, mas eles foram claramente moldados na mesma forma.

Após a publicação de *Some Pirates and Marmaduke*, o editor John Lane pediu a Wyke-Smith que escrevesse um romance para adultos. O resultado foi *Captain Quality*, um romance histórico-cômico sobre salteadores de estrada no final do século XVIII que foi publicado em julho de 1922. Em seguida, Lane pediu-lhe que escrevesse um romance contemporâneo. Wyke-Smith o atendeu e, em novembro de 1923, *The Second Chance*, um livro sobre o experimento de um velho com uma droga capaz de restaurá-lo parcialmente à juventude, foi publicado. Nos dois anos seguintes, Wyke-Smith publicou mais dois livros adultos, parcialmente inspirados em suas aventuras como *cowboy* nos Estados Unidos. Enquanto isso, ele também escreveu e ilustrou um livro infantil para seu filho Edward. Os desenhos a caneta e aquarela, além de encantadores, são muito semelhantes ao estilo de obras posteriores a ela, como os primeiros trabalhos do ilustrador e escritor de livros infantis Maurice Sendak, mais conhecido pelo seu livro *Onde Vivem os Monstros*, bem como o livro infantil que o próprio J.R.R. Tolkien fez para seus filhos, *Sr. Boaventura*, que foi publicado postumamente em 1982.

As críticas aos livros de Wyke-Smith foram todas elogiosas, mas, aparentemente, as vendas não foram tão favoráveis, e ele seguiu se dedicando prioritariamente à carreira como engenheiro de minas.

Em 1927, publica seu último livro, *A Maravilhosa Terra dos Snergs*. Ao contrário das demais histórias do autor, ele levou anos desenvolvendo esta. Sua filha Nina se lembra de ter lido parte dela quando tinha cerca de cinco anos de idade. Ela também recorda que o nome Gorbo era um apelido da família para um menino vegetariano, magro e covarde com quem ela costumava brincar e que tomava chá em sua casa.

Depois da publicação de *A Maravilhosa Terra dos Snergs*, Wyke-Smith não teve mais sucesso como escritor. Ele chegou a escrever outros romances, mas todos foram rejeitados por diversas editoras. Como muitos autores, ficou desencorajado e desistiu. Sua filha Nina chegou a perguntar em várias ocasiões sobre a retomada da escrita, mas ele nunca mais quis falar sobre o assunto.

Nos anos seguintes, Ted deu continuidade à carreira de engenheiro de minas e prestou consultoria para diversas empresas, o que o levou novamente a viajar para muitos países, entre eles Islândia, Estados Unidos, Peru, Bolívia e até mesmo o Brasil. Em 1932, mudou-se definitivamente para Cornwall com a esposa e os filhos. A casa da família ficava próxima à praia em Carlyon Bay, na costa sul da Inglaterra. Lá, Ted passou a se dedicar à jardinagem e à construção de barcos, que se tornou um *hobby*. Ele começou a projetar a construção de um ambicioso navio à vela, mas completou apenas o casco e parte da superestrutura antes de sua morte, em 16 de maio de 1935. Edward Augustine Wyke-Smith foi enterrado no Cemitério Charlestown, em Cornwall.

Dos oito livros publicados por Wyke-Smith, *A Maravilhosa Terra dos Snergs* é talvez o melhor e mais representativo de sua obra. A história é contada com um humor espirituoso e irreverente que é um deleite tanto para crianças quanto para adultos. Apesar disso, o livro foi perdendo reconhecimento ao longo dos anos. Esta nova edição é uma tentativa de resgatar os Snergs — personagens tão importantes na constituição da fantasia — do esquecimento e apresentá-los para cada vez mais leitores.

Este livro foi composto com a fonte Playfair
para a HarperCollins Brasil em 2024. Era o primeiro
mês do ano, momento em que todo mundo tende a
acreditar, assim como Joe, que "é muito melhor
ser uma história do que só ouvi-la".